— 書き下ろし長編官能小説 —

ふしだら別荘地

庵乃音人

竹書房ラブロマン文庫

目次

第一章　別荘地の淫らな裏側　5
第二章　好色セレブ妻の誘い　46
第三章　森の中で未亡人と　95
第四章　欲しがる友人の妻　138
第五章　暴かれた素性　178
第六章　とろめく憧れ熟女　198
終章　246

※この作品は竹書房ラブロマン文庫のために
書き下ろされたものです。

第一章　別荘地の淫らな裏側

1

「きれいだなあ……」

しみじみと言った。

ため息交じりだった。

押野渡（おしのわたる）は目を細め、なおもうっとりとそれを見る。

錦秋とはよく言ったもの。燃えあがるように色づいた紅葉の美しさは、まさに錦の織物だ。

「金持ちどの、御用達（ごようたし）の絶景か」

つづいて出てきたのは、自虐的な言葉。眺めが圧巻であればあるほど、いやでもみじめな気持ちになる。

同じ人間のはずなのに。この風景を優雅に楽しめる人々と自分とでは、住む世界があまりに違う。

小さな湖畔(こはん)をゆっくりと歩いた。

見わたすかぎり、周囲にはほかに誰もいない。

静謐(せいひつ)な森にひっそりと存在する、ひょうたんのような形をした湖。

さざ波一つない。

湖面は澄んだ青空と木々の赤を鏡のように映している。

季節はまさに、秋たけなわ。

森から出れば一帯は、上流階級の人間たちがつどう別荘地だ。

緑豊かな自然の中に瀟洒(しょうしゃ)な別荘が建ち並ぶ、まごうかたなき別天地。広大な敷地は、白樺(しらかば)の木々も建物も、下界の人間どもをあざ笑うかのような静かさと美しさに満ちていた。

渡は三十歳になったばかり。

子供のころからプログラミングに魅せられ、専門学校でもＩＴのあれこれを熱心に学んだ。

ごく当然の進路として、ＩＴ企業に就職した。

縁あって知りあったその会社の社長と意気投合し、弱冠二十歳で入社した。

当時は飛ぶ鳥落とす勢いだった新興ＡＩ企業。

将来的には人々の暮らしを支える家庭用のロボットを開発することまで視野に入れ、頭脳となる新しいＡＩの創造に邁進した。

まだまだ社員こそ少なかったが、まちがいなく可能性に富んだ会社だった。

だがグローバルな市場はそう甘くはない。

思うように業績が伸びず、Ｍ＆Ａ（企業の合併・買収）で海外企業の傘下に入ることになったとたんに窮屈になった。

親会社からやってきた連中と衝突が増えた。

まだ年若くはあったものの、渡にもエンジニアとしてのプライドと夢があった。

こんな会社でやっていられるかと捨てゼリフをはき辞表をたたきつけてそこを去った。

それが、六年前のこと。

後先考えぬ感情的な決断だったが、なんとかなると思っていた。

ならなかった。

いろいろなＡＩ系企業に再就職しようと奔走したが、折からの不景気も手伝って現実はほろ苦かった。

自己評価ほどには世間から必要とされていない——技術者としての自分の真実の評価を突きつけられた気持ちになった。

渡が望む地位や待遇を用意しようとする企業は一社もなかった。なにを無名の若造がと、鼻を鳴らして担当者に失笑されたこともあった。

深く、強く、プライドを傷つけられた。

一流のエンジニアだという自信が音を立てて瓦解した。

それでも人は、生きていかなければならない。

コンビニエンスストアのバイトなどで糊口をしのぎ、気づけばいつしかフリーのプログラマとして禄を食んでいた。

専門であるＡＩ分野とはなんの関係もない仕事だったが贅沢は言っていられない。アパートの家賃の支払いはおろか、日々の食べものにまで窮するようになっていた。

落ちるところまで落ちた。

そう思った。

自分たちの開発したＡＩで世界を変えるのだなどと、鼻息を荒くしていた過去がまぶしかった。

今に見ていろ。

最初のころはそう息巻いていた。

だがあるとき、もうそんな風に思うこともなくなっている自分に気づいた。

そのとき渡は、心の中で天を仰いだ。

見あげても、そこは一面の闇、また、闇。出口を示す明かりは、どんな遠くにも見当たらなかった。

貧乏が友になった。

まだまだ落ちるのかも知れないとすら思った。

その通りだった。

不幸はさらにつづいた。借りていたアパートにほかの部屋から火事が出て、焼けだされてしまったのだ。

命からがら逃げだした渡はごうごうと燃えあがり、火の粉をあげるアパートを目にしても、もはや涙さえ出なかった。

――よかったら俺の別荘を使えよ。フリーなんだし、仕事なんてどこでだってできるだろう？

そんな渡に救いの手を差し伸べたのが、高校時代の友人である若手起業家の指原だった。

別荘レンタルの条件は、先に行って掃除をしておいてくれというもの。

指原と彼の妻も紅葉を見ながら訪れるつもりでいるため、そうしてくれれば助かると渡は言われた。

指原たちがいない間はメインの別荘を使い、彼らが来たら小さな「離れ」もあるので、そちらに移って好きなだけ使えばいいと好意的に誘われた。

一流私大で経済学を学んだ指原はその後海外に留学してさらにスキルを上げ、現在は日本酒を海外に売り出す仕掛け人として活躍している。

老舗蔵元の三男坊として生まれたため日本酒にはくわしく、その気になればそうした方面の人脈作りも造作なかった。

そこに天性の商売センスが加わったビジネスは見事に当たり、指原が起業した貿易会社は倍々ゲームのように売り上げを伸ばした。

青春時代には、互いに未来の夢を語りあった仲。それなのに、かたや飛ぶ鳥落とす勢いの実業家、かたやおんぼろアパートからすら焼けだされ、文字どおり裸一貫になった徒手空拳のフリープログラマ。

あまりの彼我の差に、苦い笑いしか浮かばない。

それでも渡は、二つ返事で指原の申し出に乗った。

暮らしていたのは東京近郊のS県S市だったが、暮らしていた土地に未練はなかった。とにかくなにもかもから逃げだしたかった。

そして渡は、今ここにいる。

アパートで火事が起きたのは一か月前。まさかひと月後に、こんな場所でこうしているなんて思いもしなかった。

指原をはじめとした金持ちたちが別荘地として利用する閑静なリゾート地は、東京から車で三時間ほど。X県とY県の県境にある。

標高の高いその地は裕福な人間たちの避暑地として昔から有名で、風光明媚な景色の美しさと空気のよさは折り紙付きだ。

しかも、そんじょそこらの安手な別荘地とはわけが違う。

贅沢な絶景だけでなく、居並ぶ建物のクオリティにも、渡のような貧乏人を圧倒するものがあった。

指原が買い求め、リフォームをした別荘も、かつては有名な男性芸能人が所有していた物件だという。

広々とした敷地内に、しゃれたアメリカンハウスがあった。

別荘として使うには、あまりにももったいない贅沢な住まい。一年中、毎日使ってももとがとれないほどの金がかかっていると、指原からは聞いていた。

3LDKのラグジュアリーな建物は鬱蒼とした木立に囲まれ、プライバシーにも配慮が行きとどいている。

焼けだされた木造アパートとのあまりの違いに複雑な気分になりながら仕事をするようになって、そろそろ二週間になろうとしていた。

基本的に避暑地なので、いちばん人が多いのは夏の暑いさかりである。

だがこの別荘地は紅葉の見事さにも定評があった。

長い冬がおとずれる前の最後のにぎわいを、毎年この季節になると見せるのだという。

2

「……まったく。どうしたらこんなすごい別荘を持てるようになるんだか」

湖畔から離れ、森を出た。

ブツブツとつぶやきながら、閑静な丘陵を散歩する。東京では耳にすることのない野鳥のさえずりが聞こえてくる。

上下そろいの、カジュアルなジャージ姿。ここに来てからいつの間にか習慣になった午後のウォーキングだ。

太陽はまだ空の高いところにあるものの、夕刻になるととたんに気温が下がるため、朝の遅い人間が歩くなら今しかなかった。

整備された道の両側には、ログハウスだの南欧風ハウスだの白亜の御殿風だの、さまざまな外観の高級別荘が競いあうように偉容を誇示している。

どの別荘も、まちがいなく億はくだらない。指原から聞いた話から、渡はそう邪推していた。

だがやはり夏の最盛期に比べると利用するオーナーが少ないのだろう。

無人の別荘がことのほか多い。

「もったいない話だよな。そんなに使うわけでもないんなら、なにも目玉の飛びでるような大金かけて、こんな別荘買わなくても……」

ひがみ根性丸だしでひとり言を言いながら、渡は指原の別荘に向かおうとした。

「あぁン……」

(えっ)

すると、思いがけない声が耳に飛びこんでくる。

反射的に足を止めた。

全身が耳になる。

「……」

「あハァン、だめ。だめだめ。んっあぁァ……」

(冗談だろ)

空耳ではなかった。

渡は動揺する。

抜けるような青空。野鳥がさえずり、心地よい日差しが燦々と降りそそぐ時間帯と、その艶めかしい声はあまりに落差があった。

(隣の別荘……)

ちょうど通りすぎようとしていた、指原の別荘からはまだいくぶん距離のある建物を見た。

敷地の入口に、オーク材を使ったオブジェが配されている。そこには「寺崎」という表札がはめられている。

（寺崎、さん……）

心で名字を呼びながら、もう一度建物を見る。

これまた広い庭を持つ二階建てのログハウス。三段の階段を上るとゆったりとしたベランダがあり、左端に玄関ドアがある。

もしかして夫婦で、錦秋のひとときを楽しみにでもきたのだろうか。それにしてもこんな時間から堂々と乳繰りあうとは、なんと大胆な人たちか。

「まあ、俺には関係ないけど……」

なんだかなあと思いながら、渡は歩きだそうとした。

ところが——。

「いやン、ああ、そんな。そんなそんな。なにをしているの。ハアァン」

（な、なにをしてるんだよ、ほんとに、おい）

そんな渡をからかうかのように、エロチックな女の声はさらに音量といやらしさを増した。

（くっ……）

渡の脳裏に、おんぼろアパートでの記憶がよみがえる。

隣室の男は、週末になるといつも女を連れこんだ。こちらの迷惑もおかまいなしに、からみあう女に派手な声をあげさせた。

抗議の意志をしめして薄い壁をたたくたび、いったんは小さくなるものの、いつでもすぐに、さらにこれ見よがしの剣幕になった。

独り身の寂しさとむなしさを、いやでも味わわされた屈辱的な日々。

そのあげく、その部屋から出た火事で焼けだされ、逃げこんだ先で、またこんな思いを味わうとは。

「いやン、いやン。ンッヒイィン」

(ふざけるな)

近所の迷惑もかえりみず、昼日中からあられもない声をあげるそちらが悪いのだと怒りをおぼえた。

おんぼろアパートで我慢に我慢をかさねた顚末が、夏の夜を盛大に明るくした火事の炎だったことにも、今さらのように理不尽な気持ちになる。

「あっあっ。そんなそんな。あっあっあっ」

(悪いのはそっちだからね)

どうして自分ばかりが耐えたり怒りをこらえたりしなければならないのだと思うと、

いつになく気持ちがささくれだった。

さりげなく周囲を見まわしても誰の姿もないことにも、大胆な気持ちになる。しかも、別荘の住人に思える女の声の破壊力には尋常でないものがあった。

(俺は悪くない)

渡は方向転換をし、すばやく隣の敷地に入った。

一気に緊張感が増す。

だが、相変わらず耳にとどく女の声は、近づけば近づくほどますます迫力と生々しさを加えた。

「いやあ、困るわ。困る。ハアァ、どうしよう。うあああぁ」

(こっちか)

いつの間にか心臓が激しく脈打ちだした。

足音を殺して三段のステップをあがった渡は、女の声にみちびかれるがまま、ベランダを移動して建物の左側にまわる。

「あああ。ああああぁ」

(ここだ)

女の声が身もふたもなく大きなものになった。

玄関側からつづくベランダのスペースは、別荘をぐるりと囲んで建物側面の半分ほどまでつづいていた。

官能的な声は、ベランダがとぎれるあたりの室内から漏れている。

見れば掃きだし窓が、わずかに開けられたままである。

乳繰りあうのは勝手だが、せめて窓ぐらい閉めてからにしてくれよなと、渡はいささかあきれた。

自分は悪くない。全然悪くない。そもそも窓を開け放したまま、セックスなんかしているそちらに非があるのだ——改めてそう思った。

そう思い、同時に渡はこんなまねが平気でできるようになっていた自分の堕ちっぷりにもほの暗い気持ちになった。

これはもう、明らかに犯罪だ。

「ちょっとだめ。ああ、そんな。アッハアァ」

(く、くそおっ！　なんて気持ちよさそうな声を……)

それでも、鬱屈した怒りが女に向いた。

こんな不謹慎な声を出す女のツラを拝んでやるのだ。

ただそれだけのことだと、この期に及んでもどこかで自分の行為を正当化しようとしているおのれに気づく。

一歩、二歩と、足音を忍ばせて掃きだし窓に近づいた。

どうやらレースのカーテンさえひかれていないようである。

ガラス窓は庭の緑を映していた。しかし目を凝らせば、室中の光景がやすやすと見てとれる。

建物の壁に身を寄せた。

そろそろと身を乗りだし、渡は室内の光景を盗み見た。

「ああ、そんな。そんなそんな。恥ずかしい。いやよ、だめえ。アアァン」

(……うおおおおっ！)

「はぁはぁ……お、奥さん。んっんっ……」

……ピチャピチャ。ピチャ、れろん。

「ああああ」

(す、すごい)

渡はフリーズし、目にした眺めに息を呑む。リビングルームらしき部屋は吹き抜けで、はるか上方に天井があった。開放的な窓から射しこむ陽光のせいで、室内は思いのほかよく見える。

（尻、エロい！）

視界へと鮮烈に飛びこんできたのは、色の白さと大きさがインパクト十分のヒップ。女はこちらに尻を突きだし、ソファの背もたれに上半身を預けている。

挑むようにさらされた尻の前には、こちらに背を向けた男がいた。膝立ちになり、鷲づかみにした尻肉を両手で揉みしだいている。

女にむしゃぶりついていた。

舐め音をひびかせ、肛門だか女陰だかを顔をふって舐めている。

……ピチャピチャ。ピチャピチャ。

「ああン、だめ。そんなに舐めたら。だめよ。だめだめ。うああ。うあああああ」

窓に向かって尻と背中を向けたまま、女は絶え間なく背すじをしならせた。天にあごを突きあげ、耐えかねたような声をあげながら尻をふる。

ウェーブのかかった長い髪は栗色だ。

きらめく髪が、サラサラと背中で揺れ踊る。だめよだめだめと拒んでいるくせに、見ようによってはいいのいいのと歓喜しているかのように、ふりたくられる大きな尻が男の顔に擦りつけられる。

（て言うか……奥さんって言わなかったか）

男と女が淫らな行為にふける現場に息づまるものを感じつつ、渡はたった今聞こえた言葉を思いだした。

女の尻に顔を埋める男は、たしかに「奥さん」と言った気がする。

(と言うことは……あっ)

「ああ、だめ。待って、イッちゃう。イッちゃうイッちゃうイッちゃう。あああ！」

……ビクン、ビクン、ビクン。

(おおお……)

やはり舐められていたのは牝華、あるいはクリトリスだったか。女はあえなく絶頂に突きぬけた。

アクメの瞬間、天を仰ぎ、つま先をビビンとまっすぐにした。彫像のように固まると、ぐったりと背もたれに覆いかぶさる。

「はぁはぁ。はぁはぁはぁ」

「奥さん。すごい……」

荒い息をつく女に、男は呆気にとられている。

かなり若い男に見える。パーマなのか天然なのか知らないが、ウェーブのかかった髪は少し長めだ。

若者は膝立ちのまま放心したようにソファの女を見た。

(やっぱりあの尻、たまらない)

渡はふたたび女に興味を向けた。脱力した女は、丸だしの尻を惜しげもなくさらしたままだ。

まだなお絶頂の余韻の中にいた。時折身体がビクンとふるえる。そのたび豊満な白い尻が、ふるふると肉を揺らす眺めがいやらしかった。

まさにこれは肉の桃。

ふるいつけばたっぷりの果汁が、勢いよく飛びちりそうである。

3

「もう君ってば。ほんとにいやらしいんだから」

やがて、ようやく女はアクメの白濁感から帰還した。身体を起こし、こちらに向きなおる。

(あっ……)

……とくん。

その顔を見るなり、心臓が脈打った。

激しい動きのせいで、ウェーブのかかった長い髪はかなり乱れている。

だが意外にも、女はかなりの美人である。

年のころは、四十路間近といった感じ。

微笑む両目がチャーミングに垂れ、人柄のよさと愛らしさ、そして、なんともいえない好色さを感じさせる。

丸っこい鼻梁にも男好きのするものがあった。

くちびるはぽってりと肉厚で、これまたふるいつきたくなるようなエロスを感じさせる。

女性らしい、おとなしさを感じる柔和な顔立ち。正直、街中で見かけたら、とても昼日中からこんなあられもない声をあげる、大胆な女だとは夢にも思わないのではあるまいか。

「奥さん。あっ」

「ンフフ……」

女はすべるように、高価そうな革張りソファから床へと降りた。

「わっ……」

膝立ちのままだった若者の胸をそっと押す。もつれあうように、カーペットにくずおれる。

男はやはり若い。

まだ二十代前半ぐらいに見えた。

「フフ。ゾクゾクしちゃう……」

そんな若者に媚びでもするかのように、女はくなくなと身をよじった。

下半身はすべてすっぽんぽん。だがポーズと角度の関係で、股のつけ根のあたりは今のところよく見えない。

上半身を隠しているのは、カジュアルな長袖のTシャツだ。ワインカラーのその服はリラックスした装いだが、意外に値段は張るのかも知れない。

「ほら、見せてあげる……」

女は甘い声で言うと、両手をクロスさせた。

Tシャツの裾をつかみ、若者に微笑みながら、見せつけるようにシャツをあげ、脱いでいく。

「うわっ、うわあ……」

(おおおおっ！)

若者はけおされたような声をあげ、眼福ものの光景に見とれた。

だが、それは渡も同じこと。

女が惜しげもなくTシャツを脱ぎすてれば、残るはカップのばかでかい紫色のブラジャーだけである。

（こ、これは……）

渡はたわわな乳に見とれた。豊満なおっぱいがブラジャーを道連れにして、たっぷたっぷと重たげに揺れる。

「ンフッ。でもって、ブラジャーも……」

つづいて女は両手を背中にまわした。

……プチッ。

音を立て、ブラジャーのホックをはずす。もはやブラジャーは、乳を締めつけるという本来の役目を果たせない。

「ンフゥ」

もったいぶるように、女は両手でブラジャーをおっぱいに押しつけた。だがやがて、淫らに濡れた目を色っぽく細めるとこう言った。

「ウフフッ。エッチな顔しちゃって。見たいのね。いいわよ、ほら……」

「うわああっ！」

（おおおっ！　おおおおおっ！）

とうとう胸からブラジャーを剝がす。下から現れたのは、まさに息を呑まずにはいられない色白の巨乳であった。

サイズとしてはGカップ。

いや、もしかしたらHカップはあるかも知れない。

九十センチ台後半から、ひょっとしたら百センチはあるかと思われる乳房が、焼けてふくらんだ白い餅さながらに熟女の胸もとを盛りあがらせる。

乳が大きいからか、乳輪も大きめだ。

濃いめの鳶色をした乳輪のまん中で、ふたつの乳首がビビンといやらしくしこり勃っている。

「奥さん……」

「フフッ、真帆さんでいいわよ」

（真帆）

どうやら女は真帆というらしい。この別荘のオーナーなら、つまりは寺崎真帆ということか。

「真帆さん……」

女の名を呼ぶ若者の顔は、興奮のせいで赤黒くほてっていた。露わになった熟れ乳に視線を釘付けにし、たまらず唾を呑む。

(分かる、その気持ち。うっ……)

……ぐびっ。

渡もつられて唾を呑んだ。

こんなおっぱいを目の当たりにしてしまったら、男なら理性などというものは瞬時に揮発せざるを得ない。

しゅわしゅわと炭酸の泡がはじけるように、なけなしの理性がさらに失われていくのを渡は感じた。

それは若者も同じはず。見れば若者のデニムの股間部は、滑稽なまでのテントを張っている。

「まあ、すごい……」

真帆もそれに気づいたようだ。

うれしそうに相好を崩し、ますますその目を艶めかしく潤ませる。

「ほら、お尻あげて」

「でも、これって真帆さん、やっぱり浮気になるんじゃ」

「それがどうしたの。いいじゃない、君が浮気するわけじゃないんだから」

「いや、でも」

「いいからあげなさい。ほら。ほら！　フフッ……」

「わあ……」

若者の股間に両手を伸ばすや、デニムのボタンをはずし、ファスナーをおろして、下着ごとズルズルと脱がしていく。

やはりこれは情事だったかと、渡は得心した。旦那はどこにいるのか知らないが、ずいぶん大胆な女性である。

(それはともかく、ビンビンじゃないか)

あられもなくさらされた若者のペニスに、渡は苦笑した。

引っかかった下着から解放され、ししおどしのようにしなる怒張は、すでに完全な戦闘状態だ。

どす黒い幹部分に赤だの青だのの血管を盛りあがらせている。張りつめた亀頭の先からは、よだれのように先走り汁をにじませていた。

もっとも、人のことは言えない。

渡の股間の一物も、いつの間にか痛いほど、内側から下着とズボンを押しあげて突っぱらせていた。

「ほんと、若いのね。ねえ、こんなことをされたらどうなっちゃう?」

真帆は淫靡な笑みを浮かべたまま、若者に脚を開かせる。

股の間にうずくまった。白い指を肉棒に伸ばすや、いきり勃つそれに朝顔のつるように指を巻きつける。

「うおお、真帆さん……うわああっ」

……しこしこ。しこしこしこ。

「お、おおお……」

「どう、気持ちいい? フフ……」

真帆はいやらしい手つきで、猛る男根をしごき始めた。

若者の反応が愉快でしかたがないとでも言うかのような笑みを浮かべる。上目づかいで若者を見ながら、巧みな手淫でますます彼を腑抜けにする。

「真帆さん、あああ……」

「気持ちよさそうな顔しちゃって。こんな風にされるとたまらないんでしょ、男の子って」

「うわあ。うわあうわあ。うわああ」

若者は間抜けな声をあげ、仰臥(ぎょうが)したまま身もだえた。

真帆はリズミカルに手コキをしながら、伸ばした指でスリッ、スリッとカリ首をあやす。

(たまらない!)

真帆のあやすそこが繊細な快楽スポットであることは、同性の渡にはよく分かった。カリ首を擦られた若者が間抜けな声をあげて悶えるたび、渡もまた、キュンキュンとペニスをうずかせる。

まるで自分が肉傘をさわられているかのようだった。

真帆の妖艶(ようえん)な指の動きに反応し、全身にゾクゾクと鳥肌が立った。

4

「すごい、こんなに硬くなっちゃって。若いっていいわね。んっ……」

やがて、真帆はさらに過激な行為に移った。

ひとしきりペニスをしごいて滑らかにさせると、おもむろに顔を近づけ、口から舌を出した。

……ピチャ。

「うわあ、真帆さん……」

「ピクッてしてる。ほら、いっぱい感じて。んっんっ……」

……ピチャピチャ、れろれろれろ。

「うわあ。おおお……」

(う、うらやましい！)

ついに男根を舐められ始めた男に、渡はジェラシーをおぼえた。気づけば渡はジャージのズボン越しに、股間をギュッとつかんでいる。

灼熱の勃起を、下着とジャージ越しに感じた。熱を持った怒張はジンジンと、甘酸っぱいうずきを放っている。

「んっんっ、こんなに硬くして……ねえ、私、君みたいな若い子を興奮させられてるのかな。んっ……」

……れろん。れろん。ピチャピチャ。

真帆はねっとりとした上目づかいで若者を見ながら、左右に首をふり、舌でねろねろと極太を舐めしゃぶる。

相当気持ちがいいのだろう。

いきり勃つ棹(さお)は熟女の責めを受けるたびビクンビクンと脈動し、開いた尿口からさらなるカウパーをあふれさせる。

「は、はい。メチャメチャ興奮しています。き、気持ちいい……」

若者は情けない声をあげ、真帆のフェラチオに身もだえた。

ビビンと全身を硬直させたり、力を抜くように緩めたり。そうかと思えば感極まった様子でくなくなと身をよじり、腰をしゃくって自らも熟女にペニスを押しつけるようなことさえする。

「フフッ、もう挿(い)れたくなってきちゃった？」

してやったりという感じで、熟女は淫靡な笑みを浮かべる。

「挿れたいです。挿れたいです！」

すると若者は、もうこれ以上は無理とばかりに、無様な声でおのれの欲望を真帆に伝える。

「いいわよ。私もなの……」

全裸の美女は秘めやかな声で言うと、体勢を変えて若者にまたがった。

唾液まみれになった陰茎を片手にとり、天衝く尖塔(せんとう)のようにする。

片膝立ちになり、おのれの局部と鈴口を、さらに身体の位置をずらし、ぴたりと密着させる。

渡はようやく、真帆の股間を目の当たりにした。

ふっくらとやわらかそうなヴィーナスの丘を、はかなげなたたずまいで薄い繁茂がいろどっている。

陰毛の量がさほどではないせいだろう。縮れた毛の色は黒というより、明るい栗色に見える。

耳をすませば、真帆がペニスを動かすたび、ニチャニチャという品のない音が聞こえてくる。本人が申告したとおり、真帆もまた、とっくにスタンバイＯＫの状態だったのだろう。

(――おっと!)

渡ははじかれたように飛びのき、姿を隠した。真帆がこちらにチラッと視線を向けた気がしたのである。

(気づかれたかな)

胸のあたりに重苦しさが増し、全身がしびれた。

息まで止め、中の気配に耳をすませる。

だが、真帆が騒ぎたてる様子はない。

いや、それどころか——。

「うああ。うあああああ」

（くっ……）

感極まった、エロチックな声が聞こえた。

危険であることは百も承知だ。だが渡は、やはり出歯亀（でばがめ）行為を再開せずにはいられない。

（つ……!?）

そろそろと、ふたたび窓へと顔を突きだした。

（おおおっ！）

網膜に飛びこんできた鮮烈な眺めに、たまらず大声を出しそうになる。

真帆と若者は、すでに合体を果たしていた。全裸の熟女は若者の股間に馬乗りになり、膣（ちつ）の奥深くまで勃起を埋めている。

「うわあ、真帆さん、気持ちいい……」

仰向けの若者は苦悶の表情で眉にしわを寄せ、弓のように背すじをそらせていた。

男なら分かる。

こんな幸せなことはないだろう。

しかもこれから、さらに幸せになれる行為が待っている。

「あぁン、私もよ。でもね……」

案の定、真帆はささやいた。

「もっともっと気持ちよくなりましょ」

……ぐぢゅる。

「うわあああ」

「ハアァン、いいわ。いいわあ。あああああ」

……ぐぢゅる、ぬぢゅる。グヂョグヂョ。

「わわっ。わああ……」

「んっあああああ。とろけちゃうンン」

（ち、ちくしょう！）

熟女は騎乗位の体位で、カクカクと腰をしゃくり始めた。そのたびグチョグチョと、興奮をあおられる汁音が性器の交接部分から聞こえてくる。

（うらやましい。うらやましい。ちくしょう！）

性器を擦りあわせ、この世の天国を謳歌（おうか）し始めたケダモノたちに、地団駄踏みたくなるほどの嫉妬をおぼえた。

気づけば渡はジャージの中に片手を突っこみ、ペニスを握ってしこしことしごき始めている。

禁忌な光景に当てられ、怒張はいつも以上に過敏になっていた。シュッシュと前後にしごくたび、快感の火花が股間とまぶたの裏で同時にひらめく。

(はぁはぁ。はぁはぁはぁ)

「ハアァン、いいわ、いいわあ。気持ちいい。奥までとどく。いっぱいとどくの。あっあっ。うあああああ」

「くぅ、真帆さん……」

(おお、おっぱいがあんなに揺れて)

いやらしく腰をしゃくり、性器を亀頭に擦りつける真帆の胸もとに、焦げつくような視線をそそぐ。

小玉スイカを思わせる巨乳が、ブルンブルンとダイナミックに房をはずませた。しこった乳首が、虚空にジグザグのラインを描く。柔和さを感じさせる腹の肉が、せわしなくふくらんだりもとに戻ったりをくり返した。

むちむちと肉感的な裸身は、今どきの言葉で言えばまさに「恵体」。

腰を前後にふるたび、腹に深い線がきざまれる。ぽっこりと肉がくびりだされる眺めにも、熟女ならではのいやらしさがある。

「真帆さん、もうだめです。俺、イッちゃうかも」

「うあああぁ」

いよいよクライマックスが近づいてきたようだ。若者はうわずった声で訴え、両手を伸ばしてたわわな乳を鷲づかみにする。

「ハアァン、揉んで。揉んで揉んでぇ」

「おお、真帆さん。真帆さん。はぁはぁはぁ」

――パンパンパン！　パンパンパンパン！

「あああ、すごいすごい。ヒイィン」

股間と股間がぶつかりあう爆ぜ音が、けたたましさを増した。若者は、両手につかんだ熟れ乳を乱暴なまでに揉みしだく。

「ああ、それいいの。もっとして。奥イイッ。奥イインッ！　あああああ」

真帆は我を忘れた声をあげ、セックスの快楽に恍惚となる。

髪をふり乱し、さらに激しい腰使いで股間を若者に擦りつけ、「おおう。おおう」とケダモノのような声をあげる。

「ああ、イクッ。もうイッちゃう。イッちゃうわ。うああ。うあああああ」

「真帆さん。真帆さん」

ついに熟女は裸身を海老ぞらせ、床に両手を突いた。

両脚をM字に開き、性器の交合部分を惜しげもなく見せつけて、頂点間近の気持ちよさをむさぼる。

(くぅ。まる見えだ)

露わになったその部分に、渡は視線を釘付けにした。

真帆の陰唇に肉棒がずっぽりと突きささり、出たり入ったりをくり返す。

真帆はややアクロバティックな体位で自らも腰をふり、膣奥まで亀頭を受け入れてはもとに戻す卑猥な前後動をつづける。

熟女の肉穴は男根に押し広げられ、まん丸に突っぱっていた。性器と性器が擦れあう部分から、泡立つ蜜がブチュブチュと音を立てて溢れだす。

(俺もイキそうだ)

あられもない密事に、みじめな出歯亀男も最後の瞬間を迎えそうになっていた。

渡はズボンの中に突っこんだ手を狂ったように動かし、射精寸前の極太を猛烈な速さでしこしことしごく。

「うああ。うあああああ」

そんな渡の耳に、ひときわ切迫した真帆の声がとどいた。

「いやン、もうだめ。気持ちいい。気持ちいい。イッちゃうわ。ああ、イッちゃう。イッちゃうイッちゃうイッちゃうイッちゃう。ああああ。ああああああ」

「真帆さん、イク……」

（お、俺もだ！）

「ああ、イク！　イグイグイグイグッ！　おおっ、おおおおおおっ‼」

（出る！）

——どぴゅ！　どぴゅどぴゅどぴゅう！

渡は脳髄を白濁させ、射精の悦（よろこ）びに陶酔（とうすい）した。

しまったと気づいても後の祭り。気がつけば、下着の内側にしぶく勢いでザーメンをたたきつけている。

（ああ、エロい……）

かすんだ視界がとらえたのは、アクメとともに背後に倒れこんだ真帆の痴態。

そして熟女の膣から抜け、ししおどしのようにしなりながら射精を始めた、制御不能な若者のペニスだ。

5

「アアン、たまらない。ああ。ああああ」

(なんてかっこうだ)

エクスタシーに酔いしれる熟女のポーズに、射精中の男根がまたしてもうずく。

仰向けに倒れた真帆は、なおもガニ股のまま。感電でもしたかのようにビクビクと身体を震わせ、見ればその顔は白目さえ剝(む)いている。

大股開きになっているため、大事な部分がまる見えだった。

ペニスの抜けた牝肉は思いのほか小ぶりである。

だがワレメこそ小さいものの、そこから飛びだす小陰唇のビラビラは存在感抜群のいやらしさ。

殻から飛びだす貝肉のようないやらしさをたたえ、くぱっと左右に広がっている。

中身の粘膜はローズピンクに見える。

ねっとりとしたぬめりに満ち、持ち主が力むたび、小便のようにピューピューと潮吹き汁を飛びちらせる。

（あぁあぁ、こっちはまた……）

渡は視線を転じた。

体液を飛びちらせているのは若者も同じだ。

「ぷはっ。うえっ」

天に向かって噴きだしたザーメンは、男の顔面を急襲した。驚いた若者は無様な声をあげて起き上がり、両手で自分の顔をぬぐう。

（いい気味だ）

いい思いをした若者の滑稽なオチに、渡は心で快哉を叫んだ。なにしろ向こうはあんないい女とセックスをしたというのに、こちらは出歯亀の末にせんずりフィニッシュだ。

同じ射精は射精でも、考えるまでもなく雲泥の差。せめてこんなことでしか、相手を笑いものにできなかった。

（て言うか、俺もこいつをなんとかしないと）

渡はげんなりする。

後先考えず下着の中に射精してしまったが、なんとやっかいなことをしてしまったものか。

別荘に戻るまでに、ドロドロとこぼれたりしたら面倒だ。

(やれやれ、いずれにしても、もう退散――)

――ドンッ！

(しまった！)

撤退しようとして思いがけないことが起きた。不注意がわざわいし、膝を掃きだし窓にぶつけてしまう。

「きゃっ」

驚いたのは真帆である。文字どおり床から飛びおきた。続いて若者も、ギョッとしてこちらを振りかえる。

(まずい)

三十六計逃げるにしかず。

渡はくるりと回れ右をすると脱兎のごとく駆けだした。

秋の日差しは相変わらず強烈だ。別荘地に人が少ないことを、今日ほどありがたいと思ったことはなかった。

「なにをやっているんだ俺は……」

指原の別荘が近づいてくると、自分への嫌悪感はいちだんと増した。

いくらその気になれば盗み見ることのできる状況だったとはいえ、その気になってどうする。しかもただこっそりと出歯亀するだけでなく、よけいなものまで出してしまって……。

（早く着替えたい）

股間のあたりが、どうしようもなく不快な状態になっていた。

渡は小走りに通りを駆け、指原の別荘の隣の建物の前を通過しようとした。

（……えっ）

さりげなくそちらを見たのは、まったくの無意識だった。しかし、視界に飛びこんできたその人に、渡はハッと不意をつかれる。

「こんにちは」

向こうも渡に気づいたようだ。

渡と目があうなり、白い歯をこぼして破顔する。

（わあ……）

一目ぼれ、だったかも知れない。

下着の内側はドロドロのザーメンまみれのままだというのに。

「初めまして、隣のかたですか」

その女性は建物の近くからこちらに近づき、渡に聞いた。

「あっ……え、ええ」

渡はドキドキしながらも、精一杯なんでもないふりをして応じる。

変な匂いに気づかれないだろうなと心配しつつ。

ちなみに指原の別荘は通りの一番奥にあり、その先は森になっていて行き止まりである。

その人が渡を見て、すぐに隣の別荘の人間ではないかと思ったのも無理はない。

「初めまして、前島と言います」

美しいその人は、楚々とした挙措で渡に会釈をした。

清楚な美貌は、雛人形のよう。切れ長の両目は一重まぶたで、大和撫子ならではの気品と美しさを感じさせる。

しゃれた麦わら帽子をかぶっていた。白いワンピースのすそが、風を受けてヒラヒラと揺れる。

「前島さん……」

渡は女性から聞いた名字をリピートし、胸の鼓動を激しくした。

下の名前が知りたかった。

「きゃっ」

それは突然のことだった。

いたずらな風が、女性の麦わら帽子を虚空に舞いあがらせる。

ストレートの黒髪は背中までとどいている。その髪が、風とたわむれるかのように艶めかしく揺れ、風をはらんで優雅に踊った。

それは、やはり一目ぼれだったのかも知れない。

女性とふたり、舞いあがった麦わら帽子を追いかけながら、渡は地に足がつかない気分になっていた。

突風は、渡の心にも吹いた。

第二章　好色セレブ妻の誘い

1

「やっぱりまずかったよなあ……」

渡の心はズシリと重かった。

観光地として名高い、別荘近くのＪＲ駅周辺。昼下がりのにぎやかさが、逆に渡の心をいっそう暗くさせる。

小高い丘の上にある別荘地からここまでは自転車で十五分ほど。指原の別荘にある折りたたみ式の自転車を使い、いつものようにジャージの上下で駅前までやってきた。

生活物資を買いそろえるためだ。

地元の人々御用達の大型スーパーに入り、買い物カゴを片手に店の中を回り始める。

だが心の中には、隣の別荘の美女とともにほろ苦い思いが満ちていた。

あのあと渡は「汗をかいてしまったのでちょっと着替えてきます」と断り、大慌てで身体を浄めてから、ふたたび隣におもむいた。

なにもそんなことをする必要はなかったのだが、どうしてもその女性と、もう少し話がしたい気持ちになっていた。

女性は名字を前島と言った。

残念ながら、下の名前は分からない。くわしい事情は不明なものの、ひとりで別荘にやってきているようだ。

そんな彼女とのやりとりのなかで、つい渡は見栄をはり、指原の別荘を「自分の別荘」だと嘘をつき、しかも起業家だなどと自己紹介をしまったのである。

――まあ、そうなんですか。すごいですね。

女性は目を丸くして驚き、尊敬の気持ちを隠そうともしなかった。

年齢としては、たぶん渡のほうが若い。

年下の男が高額な別荘を持てるほどの事業家だというのだから、女性がそう思うのも無理はなかった。

渡はなんだかいい気持ちになった。

一目ぼれをしてしまった美しい女性に、敬愛のまなざしで見つめてもらえるのだから当然と言えば当然だ。

自己紹介のモデルにしたのは指原のプロフィールだった。

とっさに自分を騙る言葉のあれこれは、ここまでの指原の来歴を適当にアレンジしたものになった。

そのときは必死だった。自分をよく見せたくて、先のことなどよく考えていなかったと言ってもいい。

だが、時間が経てば経つほど、やはりどうにも後味が悪い。

つまらない見栄をはってしまったという嫌悪感もすごかったが、特別な感情を抱いてしまった女性に嘘をついたという罪悪感もはんぱではない。

やはり本当のことを言おうとチャンスを狙った。そのためつい先ほど、渡は隣の別荘を訪ねたのだが、女性は不在だった。

しかたなく必要な雑用をすませてしまおうと、渡は駅前までやってきたのであった。

「あら」

(……えっ?)

必要な物資を買いそろえようと、メモを片手に冷房の効いた店内を移動していたときだった。

突然、女性の声が渡を呼びとめる。

「あ……」

声のした方を見た渡もまた、思わず声をあげた。

そこには、探しもとめていた例の女性が、同じように買い物カゴを提げて立っていたのである。

2

前島由紀子。

それが、女性の名前だった。

（おそらく、三十五歳か六歳。それぐらいだな、やっぱり）

向かいあって座った由紀子の美貌にチラチラと目を向け、心の中で渡は思った。

スーパーの近くにある喫茶店に入り、ちょっと涼もうということになった。

もちろん誘ったのは渡のほう。勇気を出して、嘘をついてしまったことを謝罪したかった。

だが喫茶店に入り、雑談を始めると、決意は次第にぐらつきだした。

理由は簡単だ。

あらためて会話をした目の前の女性は、あまりにも魅力的だった。

そして――。

「そうですか、ご主人、画家さんだったんですね」

ストローを使ってアイスコーヒーを飲みながら、渡は胸を高鳴らせた。

たった今由紀子は、自分の夫について語り始めたところ。

渡は由紀子の話から、すでにその夫はこの世にいないことを知った。三年前に病気で亡くなったという。

つまりこの清楚な美女は、この歳にして未亡人なのだ。ぐらり、ぐらぐらと、さらに心が激しく揺れる。

「ええ、そうなんです」

恥ずかしそうに目の前の飲み物に視線を落とし、由紀子は小さくうなずいた。

「あの、よければ、ご主人のお名前……」

そんな由紀子に渡は聞く。

　すると由紀子は、ちょっと困ったように美麗な両目をしばたたかせながら、あたりをはばかる小声で言った。

「前島……前島宗十郎と言います」

「前島、宗十郎。宗十郎……」

　話をふっておいてなんだが、名前を聞いたところでアートなどとはとんと縁がない。

　だが由紀子から聞いた名は、なんだか渡をソワソワさせた。

　ちょっと待て、どこかで聞いたことがあるぞと、美術の知識など皆無に等しいはずなのに落ちつかない。

「あの……」

　由紀子が小声で言った。

「じつは……駅前から別荘地とは反対のほうに、車で五分ぐらい行ったところに」

「ああっ！」

　思わずすっとんきょうな声を出してしまう。それほどまでに、答えが分かったときの衝撃はすさまじかった。

「あ、あの……あの前島宗十郎さん⁉」

「えっと……その……」

「あっ……」

渡は思わず大きな声を出してしまう。

由紀子はあわててあたりを気にした。

無理もない。

未亡人の反応を見て、しまったと渡は首をすくめる。

「すみません」

つい小声になった。

しかし驚いた気持ちは、まだなお昂揚したままだ。

キョロキョロとあたりを見る。

昭和の昔には「純喫茶」と呼ばれたというレトロな雰囲気の喫茶店。自家製のパンがとてもおいしい店としても、評判を呼んでいた。

それほど大きいわけではない店内は、六分ほどの客の入り。そのうちの何人かが、こちらにちらちらと注意を向けている。

由紀子が動揺したのも無理はなかった。この界隈では、前島宗十郎と言えば押しも押されもしない超有名人のはずだ。

「すみません。だけど、ほんとにびっくりしてしまって」

渡は小声で言った。

「だって前島宗十郎さんって、あの『前島宗十郎美術館』の前島先生でしょ」

「え、ええ……」

由紀子は恥ずかしそうにうなだれ、小さくうなずいた。

「すごい。そうだったんですか」

渡は感動し、椅子にもたれてため息をついた。

前島宗十郎美術館は、観光地としても有名なこの地にある人気スポットの一つ。生前は西洋画の才人として人気があったとかで、十年ほど前に初の個人美術館がオープンしたのだそうである。

そのことを、ここへ来てからあちこちまわるうち、観光客向けのチラシや案内パンフレットを通じて渡は知った。

そう言えば、三年前だかに当人は、残念ながら病気で急逝したと書いてあったことも思いだす。

享年は、たしか五十代なかばだったはず。つまり由紀子とは、へたをしたら親子ほども年が違うことになる。

「東京生まれ、東京育ちの人だったんですけど、この別荘地のことは本当に、第二の故郷みたいに愛した人で」

由紀子ははにかみながらも、亡き夫を懐かしむ口調で話し始めた。

「だから、ここに美術館がオープンしたときは本当に喜んで。近くて暮らせるならって別荘まで買ってしまって。こんなに早く亡くなってしまうなんて、あのころは思いもしませんでしたけど」

「あ……」

由紀子の美貌に影が差した。

愁(うれ)いを帯びた未亡人の表情に、渡は胸を締めつけられる。

親子ほども年が違う美人をめとるだなんて、天才画家だかなんだか知らないが、うらやましいにもほどがあると妬心(としん)を抱いてしまった矢先。

だが亡き夫を思いだして寂しそうにする由紀子を見ると、この人が夫を心から愛していたらしいことが分かる。なんともせつない気持ちになる。

「だ、旦那さんが亡くなってからも、よくここに？」

会話を続けなければとあせり、渡はそう聞いた。

「いえ、二年ぶりです」

由紀子は言う。

「美術館の関係で、夫が亡くなった後一度だけ訪れたんですけど、あとはちょっとつらくって、なかなか足を向けられませんでした」

弱々しく微笑んで、由紀子は言った。

そんな未亡人の態度から、またしても渡は、早世した夫への愛の強さを感じる。会ったこともない前島宗十郎へのジェラシーに心がひりつく。

「正直、まだつらい部分はあるんですけど、先日、夫が夢に出てきたんです」

「そうですか」

内心の動揺を押し殺し、渡は目を丸くしてみせる。

「ええ。出てきました。そして言うんです。別荘の紅葉でも見にいきなさいって。いつまでもきみがそんなんじゃ僕が困るって」

「ほう……」

夫のことを語る由紀子は、どことなし昂揚して見えた。そうした些細なことにまで、穏やかではいられない自分に気づき、渡はうろたえる。

自分の胸にある熱い感情の塊が、ライバル心であることにも気づく。

「いやだ、私ったら。自分のことばかり」

由紀子はハッと気づき、照れくさそうに笑ってアイスティを一口飲んだ。

「そう言えば、なにかお話があるって」

「あ。ええ。えっと……」

いきなり話をふられ、渡はとまどった。

「えっと、あれ……」

心を乱し、作り笑いを浮かべてかゆくもない頭をかく。

「すみません、なんだったかな。ちょっと忘れてしまいました。あはは」

笑ってごまかすと、由紀子はたおやかな笑みでそれに応じた。

「そうですか。私が自分のことばかりしゃべるから」

「いえいえ、そうじゃないんですけど。由紀子さんに見とれて、ぼうっとしてしまったのかも」

「まあ、おじょうずですね」

由紀子は恥ずかしそうに笑い、渡の視線から逃れるように長いまつげを伏せた。

「会社を経営されるようなかたって、そんなお世辞も平気でおっしゃれるのね」

「いや、お世辞じゃありませんよ。あはは」

「それにしても、すごいですね。お若いのに、日本のお酒をそんなふうに海外に向けてアピールなさって、大きなビジネスになさるなんて」

「あ……」

もうだめだと渡は思った。

この人に、こんなまなざしで見つめられてしまうと、炎天下のソフトクリームみたいに、罪悪感があっけなく溶けていく。

「た、たいしたことじゃありません。でも……」

キラキラときらめく未亡人の双眸に、憑かれたようになった。

指原から聞いていた話を、いかにも我がことのように熱っぽく、渡は由紀子に語り始める。

自分の身の上、このビジネスを通じて本当に発信したいのは日本酒だけではなく、すばらしい日本の文化なのだということ。

そうした仕事を通じて、日本と世界を結ぶための橋渡しをしたいと考えているのだということ。

(最低だ)

指原の夢を自分のもののように語りながら、渡はますます嫌悪感の虜になった。

嘘の上塗りをしていることにも後ろめたさを覚えたが、つくづく自分がいやになる理由はそれだけではない。

（由紀子さん、やっぱりおっぱい大きい）

渡の話に夢中になってくれている未亡人を盗み見つつ、そんな風にドキドキしているおのれにも、たまらない薄汚さを感じる。

初対面のときに気づいたが、由紀子の胸のふくらみは尋常ではなかった。今日はカジュアルな長袖シャツにブルーのデニムというリラックスした装いだが、つい視線が胸もとに吸着しそうになり、そんな自分を渡は必死でおさえていた。

だが、理性の鎧で武装しようとしても、由紀子はあまりにも魅力的。美貌を見ようとした視線は、同時にすばやく未亡人の肢体も品定めしてしまう。

ホワイトシャツの胸の部分に、内側から押しあげるブラジャーの薄い花柄が透けていた。

顔立ちもふるまいも、上品でつつましやか。

しっとりとした奥ゆかしさを感じる大和撫子なのに、乳房の豊満さは暴力的とでも言いたくなる迫力で、渡の理性を揺さぶり、あざ笑う。

おそらくGカップ、九十五センチぐらいはあるだろう。

小玉スイカを彷彿（ほうふつ）とさせるたわわな丸みが仲よくふたつ、無防備なまでにたっぷたっぷと揺れている。

（やわらかそうだなあ……なにを考えているんだ、ばか）

未亡人の質問に答え、砂上の楼閣の君主を演じながら、渡はおのれをののしった。

由紀子の乳房をふたつとも鷲づかみにし、心のおもむくまま揉みしだいている我が身を想像しただけで、股間が甘酸っぱくうずく。

そんな自分に、ますます嫌悪感がつのった。別のことを考えようとして脳裏に去来したのは、情けないことに別のおっぱいだ。

偶然出歯亀をした、真帆とかいう熟女。あの美女の、これまたたわわなおっぱいのことが——。

「あら、誰かと思ったら社長じゃない」

（えっ）

そのとき、いきなり声をかけられた。

驚いて、声のした方を見る。

「あっ……」

渡は思わず声をあげた。

反射的に腰を浮かし、逃げだしそうになる。

（待て待て待て）

だが、そんな間抜けなまねをしてはならない。渡は自分を制し、声をかけてきた女性を見た。

寺崎真帆。

たった今、その大きくていやらしいおっぱいを鮮明に思いだしていた例の熟女だ。

気づかなかった。

真帆はすぐ近くの席で、ずっと優雅にコーヒーを飲んでいたのである。

(ちょっと待て)

ニコニコと親しげに微笑む真帆を見つめ、渡はなおも狼狽(ろうばい)した。

(今この人……俺のこと、何て言った?)

たった今投げかけられたばかりの真帆の言葉を思いだそうとした。自分の記憶に誤りがないならば——。

——あら、誰かと思ったら社長じゃない。

たしかに真帆は、そう言った。

(えっ。えっ、えっ?)

熟女の真意が分からなかった。

真帆はそんな渡の動揺などおかまいなしに、由紀子にもフレンドリーに会釈をしている。

由紀子は困ったように真帆に会釈を返し、助けを求める顔つきでこちらを見た。

「ウフフ」

真帆はおかしくてたまらないというように、口に手を当て、コケティッシュに首をすくめる。

いやな予感がした。

たまらなくいやだ。

気がつけば、渡の背すじを冷や汗が、つつっと生温かくすべり落ちた。

3

「きみさ」

渡をからかうように、真帆は言った。

「あのときずっと見てたでしょ、私たちのエッチ。気づいてたのよ、私」

「えっ」

あっけらかんと言われ、渡は絶句した。

「まったくスケベなんだから。ほら、飲んで」

「は、はあ……」

「フフッ」

真帆はおかしそうに笑い、渡にアイスティを勧める。

恐縮して、渡はグラスを手に取った。

ストローに口をつける。冷えた液体を嚥下するものの、甘いはずなのに味を感じる余裕もない。

真帆に誘われ、例の別荘にお邪魔をしていた。

まさかこんな日が来るなんてと、この期に及んでも、この展開に心がついていけていない。

(まいったな)

緊張感に耐えきれず、視線をめぐらせて周囲を見た。

先日、窓ガラス越しに盗み見た、真帆の別荘の広々としたリビングルーム。

あのとき真帆が四つん這いになっていたふたり掛けの革張りソファに、今日は渡が座っている。借りてきた猫のようになりながら。

「お味はいかが、社長さん」

真帆はアイスティを飲みながら、揶揄する口調で言った。流し目で見つめられ、いたたまれなさに顔が火照る。

ここに至るまでのやりとりで、渡は観念しきっていた。なにもかもばれていることが分かったからだ。

「さてと、じゃあ説明してもらおうかしら」

一人掛けのソファに深々と座り、真帆は脚を組んだ。

ニットのTシャツにデニムのショートパンツ。むちむちした健康的な太ももが、惜しげもなく露出している。

こうして見ると、やはり抜けるように色が白い。透きとおるような美肌の神々しさは、由紀子といい勝負だ。

もっとも、乳の大きさは明らかに、真帆に軍配が上がった。由紀子だってGカップ、九十五センチはある巨乳だというのに。

いや、そんなことはどうでもいい、とにかく謝れと、渡は自分を叱咤する。

「はあ、すみません」

「もう謝るのは聞き飽きた。説明してって言ってるの」

「は、はい。えっと……」

焦れた調子であおられ、渡は居住まいを正した。つまるところ真帆が聞きたいのは「あんた、どこの誰？」ということだ。

渡は正直に、自分について話し始めた……。


あの日の翌日。

真帆は偶然、渡を見かけてあとをつけたという。

たどりついたのは指原の別荘。

変だなと真帆は思ったらしい。

なぜなら真帆は、指原夫妻と面識があるどころか仲もよく、別荘の持ち主が渡ではないことを知っていた。

どういうことだろうと興味を持った。今日もそんなことを考えながら、行きつけの喫茶店にいた。

そんなところに、渡が入ってきたようだ。

連れの女性は知らなかったが、強い関心を抱いた真帆は全神経を集中させ、渡と謎の美女の話を盗み聞きした。

——盗み聞きされても文句は言えないわよね。きみなんて、それ以上のことをしたんだし。

そう言われると返す言葉はなかった。

渡たちの会話に耳をそばだてた真帆は、渡が指原のふりをしていることに気がついた。

だが同時に、どうしてこんなにくわしく指原のことを知っているのかと疑問に思ったらしい。

指原は知る人ぞ知る起業家だが、そこまで自分の情報をメディアなどで語っているわけではない。

親しい人物しか知らない話を、渡は由紀子に聞かせていた。

あんた、どこの誰――そう関心を抱いた真帆は、こらえきれずに渡に接近した。

社長呼ばわりしてあげたのは、せめてもの武士の情けだ感謝しろとも渡は言われたのであった。

ちなみに真帆の説明によれば、彼女はやり手の実業家。関東圏を中心にいくつものアパレルショップを経営し、成功を収めていた。

真帆の才能に嫉妬した一流企業勤務の夫は、つらあてのように他の女と浮気三昧。

真帆はひとり、寂しさをまぎらわせるために別荘に来て、知りあった男を誘っては欲求不満を解消しているのだという。

先日ここに誘いこんだ若者も、あの日の午前に知りあったばかりの、名前も知らない若者らしかった。


「なるほど、指原さんの友だちなわけね」

渡は自分についてのあれこれを、洗いざらい打ち明けた。真帆は納得した様子でアイスティのストローをくわえる。小さな音を立て、いささかぬるくなってきた液体を嚥下した。

「安心した。私はてっきりどこかの怪しい人が、指原さんの別荘に居着いちゃったのかと思ったわよ」

「本当に……すみませんでした」

渡は平身低頭する。

「あはは。だって本当に怪しいんだもん、きみ」

ローテーブルにグラスを置き、真帆はソファの背もたれに背中をあずけた。両腕を組み、揶揄するようなジト目で渡を見る。

「人のセックスをこっそりと見るは、あげくの果てには、昼日中から外でオナニーを始めるは」

「い、いや、でもそれは」

あなたたちが昼日中からセックスなんかしてるからでしょと反駁したくなかったが、ぐっとこらえる。

不法侵入も出歯亀も自慰も、たしかにそれが理由にはならない。

「おかげで、ますます興奮しちゃったわ、あのとき」

「えっ。あっ……」

故意にか、偶然にか。

真帆は腕組みをしたまま、その手を持ち上げるような動きをする。

……ふにゅり。

そのせいで腕の上に乗っていた乳がせり上げられ、ゼリーのように変形した。

ズシリとした重みとボリュームをあらためて見せつけられ、渡はあわてて顔をそむける。

(て言うか)

「こ、興奮？」

耳にした言葉に、眉をひそめたくなった。それともそれは、渡の聞き違いだったのだろうか。

「今、興奮したっておっしゃいました？」

「おっしゃったわよ」

おずおずと聞くと、真帆はふざけた調子で答えた。

「あの、寺崎さん」

「真帆さんでいいわ」

「あ……」

どこかで聞いたようなやりとりだなと思いつつ、渡は小さく声をあげる。ソファから立ちあがった真帆が近づいてきたのである。

「あの、て……寺崎——」

「だから、真帆さんでいいって言ってんでしょうが」

「えっ……うわわ」

渡はうろたえた。

真帆が渡の前に膝立ちになる。

両手で渡に脚を広げさせた。有無を言わせぬ大胆さで、ジャージのズボンの上から股間を鷲づかみにする。

「寺……ま、真帆さん⁉」

「しごいてたわよね、きみ。これを、すごくいやらしい手つきで」

「うわ、うわわ」

にぎにぎと指を開閉させ、真帆はジャージ越しに渡の一物を愛撫した。

これはまた、なんと巧みなまさぐりかた。緩急をつけた絶妙なタッチで、やわやわ、やわやわと、ペニスと玉袋を揉みほぐす。

（まずい）

渡は浮き足だった。揉まれればほぐれていくのがふつうだが、股間の一物はそうはいかない。

揉まれれば揉まれるほどにうずきを増し、血液がなだれをうって股のつけ根に集まっていく。

「ほんとに感じちゃったの、私。もしかして、ちょっと変態？　ンフフ……」

「真帆さん。わあ……」

硬くなるのはペニスだけ。

あとは全身が、腑抜けのようにやわらかくなっていく。

ころあいよしと、見計らいでもしたかのよう。

真帆は両手を伸ばすと、渡のジャージの縁に指をかけた。

「ンフフ」

「ああ……」

淫靡な笑みを浮かべながら、ズルズルとズボンを脱がしていく。いや、脱がされたのはジャージのズボンだけではない。気づけば渡はボクサーパンツまで、いっしょに股間から剝かれていた。

「そうそう、これこれ」

露出したペニスに視線を釘付けにし、真帆は嬉々とした顔つきになる。

4

「いや、ちょっと真帆さん……うわあ」

渡はソファの上で、背もたれからずり落ちる格好になっていた。

股間を丸だしにされ、いたたまれなさがつのる。渡の肉棒は淫らな刺激に、早くも半勃(はんだ)ちにまでなっている。

両手で股間を隠そうとした。

ところが真帆はそれを許さない。

もう一度渡に足を開かせるや、太ももの間に陣どった。渡の両手を払いのけると、半勃ちペニスをむぎゅりとつかむ。

「ずおお、真帆さ――うわっ、うわあ」

……しこしこ。しこしこ、しこ。

甘酸っぱさいっぱいの刺激が、股のつけ根から脳天に突きぬけた。一拍遅れでじわじわと、四肢にもしびれが広がっていく。

「真帆さん、うおお……」

「ンフッ、しごいてたわよね、このオチ×ポ。すごく興奮した顔で私を見ながら。ねえ、そんなに感じちゃったの？」

「いや、あの。ずおお……」

慣れた手つきで、真帆は男根をしごく。

それにしても、これはなんというテクニックか。

男のツボなどお見通しとばかりに、スリッ、スリッとカリ首をあやしつつ、上へ下へとリズミカルに手コキをする。

白魚の指にしごかれるたび、男根がせつなくうずいた。肉傘の縁をそろそろとあやされる、さらに快感が強くなる。どうしようもなく肉幹が硬くなり、ペニスの長さもにょきにょきと増す。

「まあ、いやらしい。フフッ、勃ってきた、勃ってきた」

「いや、あの、真帆さ——」

「由紀子さんだっけ」

「えっ」

いきなり真帆は、由紀子を話題にした。

「ま、真帆さん」

「あの人にほんとのこと言われたくなかったら、貸しなさい、このチ×ポ」

「ええっ？」

「ンフフ、こんなことしちゃったりして」

……れろん。

「わあああ」

それは、飛びあがりたくなるような快感だった。事実、渡はソファから尻を浮かせ、背すじも跳ね上げてふたたびソファに落ちる。

不意打ちのように人妻は、渡の亀頭に舌を這わせた。

「敏感なのね。ほらほら、いっぱい感じて。んっ……」

……ピチャピチャ、れろん。れろれろ。

「うわあ、うわあ。うわああ」

渡は間抜けな声をあげ、真帆の責めに狂乱する。

熟女のフェラチオは一気に激しさを増した。右へ左へと小顔を振りながら、亀頭にペロペロと、夢中になって舌を擦りつけてくる。

たっぷりの唾液が極太に塗りたくられる。

(いやらしい)

渡は唖然として熟女を見る。

真帆はうれしそうだった。

幸せそうでもあった。

肉棒を見ようとして寄り目がちになり、一心不乱としか言いようのない様子で、ローズピンクの舌を踊らせる。そのエロチックな顔つきを目にしただけで、いやでも鈴口の感度は増した。

(勃起しちゃった)

手練(てだ)れの熟女にかかっては、白旗を揚げるしかない。

情けなくはあるものの、持ち主の意思とは関係なく、股間の猛りはビンビンといきり勃ち、我ここにありと存在を主張し始める。

(由紀子さん)

かすみ始めた脳裏に、たおやかな未亡人の笑顔が去来した。

胸が思いきり甘酸っぱくうずく。だが男とは——いや、自分という男は、なんとふがいない生き物だろう。

由紀子への思いには依然としてせつないものがあるのに、ケダモノじみた欲望を、渡は制御できない。

「んっんっ……ウフフ、勃っちゃったわね。もうなんだかんだ言いながらいやらしいんだから、このインチキ社長は」

「いや、だって、そんなことを言われ——わあああっ」

「ンフフ、むふう……」

渡はひときわ大きな声をあげ、ソファで全身を硬直させた。つま先がまっすぐになり、口の中いっぱいに唾液が湧く。

真帆がペニスを頭からパクリと頬ばったのである。

「むふう、むふう。アン、すごく熱い。それに……硬い。んっんっ……」

……ぢゅぽぢゅぽ。ぢゅぽぢゅぽぢゅぽ。

「うおお。うおおお、くぅ、こ、これは……」

「むふう、んっんっ……」

渡はほうけたような声をあげ、耽美な快美感にますます身も心も白濁していく。

男根をまるごとくわえた人妻は、啄木鳥さながらに顔を振り、熱っぽいフェラチオをエスカレートさせる。

ぽってりと肉厚な朱唇がすぼまって、棹を思いきり締めつけた。その強い力は、たとえるなら輪ゴムで締めつけてでもいるようだ。

そんなくちびるが、前へ、後ろへ、前へ、後ろへと、せわしなく何度も往復する。

残り少なくなったチューブから、最後のゼリーをしごき出そうとでもしているかのよう。

そうか、棹をしごかれるということは、これほどまでに快いものだったのかと、恥ずかしながらこの歳になって渡は知る。

しかも――。

「んっんっ……あン、いやらしい、こんなにプニプニしてる」

……ねろねろ。ねろん。

「うおお。うおおおお」

……ねろねろねろ。ねろねろねろねろ。

「おおお、き、気持ちいい！」

「まあ、いやらしい」

(しまった)

つい心からの本音を言葉にしてしまった。

それほどまでに、くちびるで棹をしごかれながらの亀頭舐めには、男を歓喜させる巧みなものがある。

なんて間抜けなことを口走ってしまったものかと思ったが、発してしまった言葉は戻しようがない。

案の定、真帆はしてやったりという顔つきで、上目づかいに渡を見た。

そして、もっとよくしてあげるわよとでも言わんばかりのねちっこさで、ねろり、ねろり、ねろねろと、いっそう激しく亀頭に舌をまつわりつかせる。

「うわあ。うわあ」

(た、たまらない！)

真帆の舌は、ザラザラとネバネバがいっしょになったような得も言われぬ触感。

そんな舌が、いささか強めに擦りつけられ、マッチでも擦るような勢いで跳ねあがった。

（くうぅ……）

そのたび腰の抜けるような、激甚な快感が火花さながらにひらめく。

背すじにぞわぞわと鳥肌が走った。

快感と欲求不満がない交ぜになった淫らな激情に憑かれ、歯の根が合わずにカチカチと音を立て始める。

「ンフフ、気持ちいいけど、もっともっとよくなりたくなってきちゃったって感じかしら。んっんっ……」

──ぢゅぽぢゅぽ！　ぢゅぽぢゅぽぢゅぽぢゅぽ、ぢゅぽ！

「うおお、ま、真帆さん。ああ、そんなにしたら」

気持ちよさに恍惚となる渡をあざ笑うかのようだった。卑猥で美しい啄木鳥は、首をしゃくる動きをいちだんと熱烈なものにする。

フンフンとリズミカルに鼻息を漏らし、怒濤の勢いで肉棒を爆発の瞬間へと急加速させる。

（こ、この顔、エロい）

全身を心地よく麻痺させ、かすみ始めた目で渡は真帆を見た。

思いきりくちびるをすぼめるせいで、左右の頬がえぐれるようにくぼんでいる。ペニスに吸いついた口が引っぱられるたびに、なんとも品のない表情になる。

たとえるならば、まるで、ひょっとこのよう。

せっかくの美貌を惜しげもなくくずし、猥褻な行為に没頭する人妻に、射精衝動はいやでもつのる。

「も、もうだめ。出ちゃう。真帆さん、出ちゃう」

限界だった。どんなにアヌスをすぼめても、そんなことでどうにかなるようなレベルではなくなる。

陰嚢の中で睾丸が、ざわつくかのように暴れだした。そのせいで、金玉袋がうねるタコのように変形する。

キーンと遠くから耳鳴りがした。

耳鳴りはいつしか潮騒のような音になり、さらにはゴウゴウと不穏な低音を響かせだす。

（もうだめだ！）

「真帆さん、出ちゃう。ほんとに出る」

「んっんっ……いいのよ、出して。ザーメンいっぱい、私にちょうだい。んっんっんっ……」

──ぢゅぽぢゅぽぢゅぽ！　ぢゅぽぢゅぽぢゅぽぢゅぽ！

「ああ、もうだめだ。イク。イクイクイク。うおおおおっ！」

「んんんっ⁉」

──どぴゅう！　どぴゅどぴゅどぴゅぴゅ！

（あああ……）

恍惚の雷に脳天から真っ二つにされた。

意識を白濁させ、全身がペニスになったような気持ちよさに打ちふるえる。

……二回、三回、四回。

ドクン、ドクンと陰茎が脈打ち、大量の精液を、熟女の喉奥に飛びちらせる。

こんな美人の口中にザーメンを吐くことができるだなんて、なんと幸せなことだろう。

「むんぅ……すごい……こんなに……いっぱい……んむンンゥ……」

「あっ、真帆さん」

天にも昇る気持ちで射精を続けていた。そんな渡の耳に、苦しそうながらもどこかうっとりした声がとどき、我に返る。

先ほどまで、あんなに激しくしゃくられていた首はぴたりと止まり、真帆は盛んに小さな肩を上下させた。

フウフウと荒い息を漏らし、鼻翼が何度も開閉する。

それでも人妻は、精液を被弾する務めを果たそうとしてくれた。

次々と吐きだされるザーメンに眉をひそめ、苦悶の顔つきになりつつも、渡の肉棹に吸いついて離れなかった。

5

「真帆さん。あっ……」

「ンフフ……」

ようやく射精が終わると、真帆はおいしそうに精液を嚥下した。淫靡な音を立てて飲み、唇についたザーメンまで指で拭って舐めしゃぶる。

「す、すみませんでした」

「なにが？」

「なにがって。えっ……」

渡は息を呑んだ。

精子を飲み終えた真帆は、さもそれが当然の流れでもあるかのように、大胆に服を脱ぎ始める。

「あの、真帆さん……」

予想していた展開ではあった。

だがこの人の豪放さは、渡の想像の斜め上を行く。美熟女は、あっという間に全裸になった。

「おおお……」

目の前で百センチ、Hカップはあるはずのおっぱいがたっぷたっぷと誘うように揺れる。

「ほら、インチキ社長も全部脱いで」

「あ……」

生まれたままの姿になった熟女は、渡が着ていた上着も自らの手で脱がそうとする。

強制的に万歳の格好をさせられた。真帆は勢いよく、下着ごとジャージを渡からむしりとる。

「ねえ、どうしてフェラチオしてあげたか分かる？」

「は？　あっ……」

真帆は聞きながら、ソファにあがってきた。

射精を終えたにもかかわらず、渡の怒張はなおもビンビンだ。そんなペニスをチラッと見ると、人妻は艶めかしい笑みを浮かべ、渡にまたがる。

「ねえ、分かる？」

「いや、えっと。あああ……」

熟女に男根を握られた。

真帆は亀頭を天へと向ける。自ら位置を変え、女陰と鈴口をくっつけた。カクカクと腰を下品にしゃくる。

……グチャ。ヌチョ。

「うわあ。真帆さん……」

「ハアァン、とろけちゃうン。いいわ、いいわあ。ああああ」

──ヌプッ！

「わあ」

「アハアァ」

亀頭と牝溝をなじませるようにあやすと、真帆はゆっくりと腰を落とした。ぬめる膣穴ににゅるり、にゅるにゅると猛る勃起が呑みこまれる。

「ぬうぅ、真帆さん……」

「いやン、精子出したのに、まだこんなに硬い。いいわ、いいわあ。ンッハアァ」

——ヌプッ！　ヌプヌプヌプッ！

「あああああ」

「ずおお、真帆さんも、すごいヌルヌル……」

感極まった声を上げ、真帆はさらに腰を落とした。

熟女の淫肉もまた、とっくの昔にスタンバイOKだったようだ。たっぷりの蜜を分泌させ、苦もなく勃起を奥まで埋没させる。

「教えてあげるわね、どうしてフェラチオしてあげたか」

股間と股間がぴたりと密着した。真帆の太ももの熱さと、体重のほどよい存在感が、生々しく渡に伝わってくる。

「えっ……」

合体を果たしただけで、渡はまたも頭がぼうっとしてきていた。それでもしっかりしようとして、至近距離で熟女を見つめかえせば——。

「フフッ。だってね、一度射精させておかないと、すぐに出しちゃいそうなんだもん、きみ」

……ぐぢゅる。

「うわわあ」

「アァン、気持ちいい。あっあっ。ハアァン」

フェラチオ奉仕をした理由をカミングアウトすると、真帆は渡の首に両手を回した。

いやらしく腰をしゃくり、ぬめり肉をカリ首にしつこく擦り始める。

……ぐぢゅ。ぐぢゅぐぢゅ。ぬぢゅる。ぐちゃ。

「くうぅ、真帆さん。すごい……」

「ああァン。ンッヒイィン」

人妻の腰の振り方は、最初から激しいものだった。

フェラチオをしたときと同様、またもや恥も外聞もないしゃくり方で、首ではなく腰を振り、渡の勃起にとろけた牝肉を擦過させる。

(この人のオマ×コ、メチャメチャ狭い)

天国のような気持ちよさにうっとりしながら、胎路の狭隘さにも感激していた。

真帆はおそらく、四十路間近。

酸いも甘いもかみ分けた大人の女性であるにもかかわらず、その膣は驚くほど狭く、しかも奥へ行けば行くほど、さらに窮屈さを感じさせる。

失礼ながら、好色さを隠そうともしない開けっぴろげなキャラクターとはギャップを感じさせる上質な牝路。挿れても出しても窮屈さのせいで、腰の抜けそうな快美感がひらめく。

(しかも……このおっぱい！)

「真帆さん。たまりません」

「うあああぁ」

目の前で揺れる巨乳のエロチックさに、ますます性器の感度があがった。

小玉スイカを思わせる豊満なふくらみが、ふたつ仲よくたっぷたっぷと跳ね踊る。

見事な丸みのいただきでは、鳶色の乳輪にいろどられたまん丸な乳首がつんとしこって勃っている。

「おお、興奮する」

渡は両手で、たわわなおっぱいをわっしとつかんだ。

「ンッハアァン」

(や、やわらかい！)

Ｈカップはあるはずの乳房はただ大きいだけでなく、とろけるような柔和さにも富んでいた。

しかも乳房は驚くほど熱く、早くもじっとりと汗の微粒をにじませている。

「揉んで、渡くん」

「えっ」

驚いたのは、揉んでと言われたからではない。

真帆は初めて、渡の名前を口にした。

6

「真帆さん」

「揉んで、渡くん。いっぱい揉んで。乳首もいっぱいスリスリして」

「こ……こうですか」

……もにゅもにゅ。

「アハアアァ」

「くぅ、やわらかい」

……もにゅもにゅ。もにゅもにゅ、もにゅ。

「ンッハアァ。あああああ」

「はぁはぁ。はぁはぁはぁ」

頼まれなどしなくても、男なら揉まずにはいられない魅惑のおっぱい。グニグニと指を開閉させ、熟れた乳房を揉みしだく。

やはりこのやわらかさは、四十路前後の熟女ならでは。

ズシリと量感たっぷりなのに、重さとは裏腹なとろけるような手ざわりで、揉めば揉むほど悔しいほど、男心を鷲づかみにする。

しかも真帆は腰を振り、ぬめる淫肉を執拗に亀頭に擦りつけた。性器を擦りあわせながらの乳揉みほど、男を幸せにさせるものもない。

「真帆さん。ほら、乳首も……」

求められたとおり、渡は指を伸ばし、スリスリと乳首もいやらしくあやした。

「あぁン。もっと。ねえ、もっとお」

「はぁはぁ。こうですか。ねえ、こう？」

……スリスリ。

「あああ。そう。それそれ。もっとして。もっともっとお」

「こう？　真帆さん、こう？」

……スリスリ。スリスリスリスリ。

「うあああ。とろけちゃう。乳首気持ちいい。いいわ、いいわあ。ああああああ」

「はぁはぁはぁ」

真帆は敏感に感じ、今日もまた、昼日中からあられもない淫声をあげる。渡が乳首を擦るたび、感電でもしたかのように派手に身体をふるわせた。

(すごい。白目だ)

見ればその顔は、早くも白目を剝きかけている。身体に流れる強い電流の快感に、我を忘れ始めているのは火を見るよりも明らかだ。

(エロいなあ、この人。しかも)

「あっあっ。あああ。ああああああ」

乳房と乳首を責め立てられ、よけい昂ぶりが増したようだ。しゃくる腰の振り方が、いっそう品のないものになる。

思いきり後ろに尻を振っては、渡にたたきつけるかのように股間と股間を激突させる。そのたびペニスが肉壺を攪拌し、グチョグチョという汁音が粘り気たっぷりにあたりにひびく。

渡はしみじみと思った。

たしかに一度、精子を放出しておいてよかった。

つい先ほど射精したばかりなのに、真帆の淫肉は魔性の快感とともに、苦もなく渡を新たな絶頂へと加速させる。

――グチョグチョグチョ！　ヌチョヌチョヌチョ！

「うあああ、気持ちいい。いいの。このチ×ポいい。チ×ポいいンン。もうイグッ。イッちゃうわ。イッちゃうン。あああ」

「はぁはぁ……真帆さん、俺も……もう限界です！」

「キャヒイィン」

もはや受け身なままではいられなかった。

全裸の熟女をかき抱く。攻勢に転じ、自ら腰をしゃくり、亀頭を膣奥までズンズンとやる。

「ヒイイィ。ハヒイィ。ああ、気持ちいい。奥まで刺さる。いっぱい奥まで。あああああああ」

真帆は渡にまたがったまま、彼に抱きついた。愛(いと)おしそうに渡の頭部を抱擁し、耳もとで、浅ましいよがり吠えを連発する。

人妻の裸体は熱かった。淫靡な火照りは尋常ではなく、肌からは汗がにじみ、ヌルヌルしてきてもいる。

「気持ちいいよう。気持ちいいよう。あああ。奥。奥、奥、奥。ああああ」

「くぅ、真帆さん。もう出そうです！」

——パンパンパン！　パンパンパンパンパン！

「んあっあああ。おおう。おおおおう」

ついに熟女の嬌声は「あ」から「お」へと変わった。

ズシリと低音のひびきを増す。密着した裸身を通じて、渡の身体にもビリビリと伝わる。

(マジで気持ちいい)

一気に爆発衝動が高まってきた。

渡は強烈な快美感に恍惚となる。

カリ首と膣ヒダが擦れるたび、火花の散るような電撃がはじけた。背すじを鳥肌が駆けあがり、口の中いっぱいに唾液が湧く。

真帆の膣の潤み具合は、まさに「とろ蜜」という言葉がふさわしかった。

肉スリコギがかき回す愛液は、ねっとりと重たい粘りに満ちている。ネチョネチョとひびく汁音はどこか重たげで、液体の濃さを艶めかしく伝える。

――グチョグチョグチョ！　ニチャニチャニチャ！

「おおお。おおおおおっ」

真帆はもはや半狂乱だ。常軌を逸したよがり声を上げながら、渡を強くかき抱き、身体を押しつけてくる。

熟れ肌の火照りと汗のぬめりが生々しかった。ふたりの身体に挟み撃ちされ、乳房がクッションのようにはずむ。

乳首が渡の胸板に食いこんだ。

灼熱のそれは他の部分より、さらに熱くてやけどしそうだ。

（イ、イクッ！）

いよいよ限界だった。

怒濤の勢いで腰を振り、膣ヒダと肉傘を擦り合わせながら、渡は心で悲鳴を上げた。

せっかく一度抜いてもらったにもかかわらず、二度目のアクメは思いのほか早かった。

「うおお。おおおおう。私もイクッ。イグイグイグッ。おおう。おおおおう」

「だめだ、出る……」

「おおおお。おっおおおおおおっ‼」

――どぴゅどぴゅどぴゅどぴゅ！　びゅるる！　ぶぴぶぴ、ぶぴぴ！

（あああ……）

「おう。おう。おう。おう」

それは、渡の絶頂と同時だった。

真帆も同じタイミングでクライマックスを迎えたらしい。

滑稽にさえ聞こえるアクメの声をあげ、好色な熟女はビクビクと、派手に身体を痙攣させる。

（気持ちいい……て言うか、完全な白目……）

人妻の牝肉に、当然の権利のようにザーメンをぶちまけつつ、渡は熟女の表情にもうっとりとした。何もかも忘れてエクスタシーをむさぼる真帆は、もう完全な白目である。

あんぐりと口を開け、喉チンコまでさらしていた。なおもビクン、ビクン、ビクビクと断続的に痙攣をくり返す。

「真帆さん……」

「おう……おう……おおう……オ、オマ×コの奥……温かい……誰が……中に出していいって……言ったのよ……おおう……」

「えっ、ご、ごめんなさい」

まさかそんなことを言われるとは思っていなかったので、渡はうろたえた。

あわてて体勢を変え、膣から男根を抜こうとする。だが真帆は、そんな彼を「動くな」とばかりに、またしても強く抱きすくめる。

「あぁン……ばかね、冗談よ……」

「あ、よかった……おおお……」

ホッとする渡をからかうように、いきなり膣肉が蠢動し、渡のペニスを思いきり絞りこんだ。

(うわあ)

――どぴゅどぴゅどぴゅどぴゅ！

そんな刺激に耐えきれず、またしても渡は、精液を思いきり膣奥にたたきつけてしまう。

「アッハアァ……」

美熟女は、どこかうれしそうにあえいだ。

くなくなと渡の上で身じろぎをする。

精も根も尽き果てたとでも言いたげに、汗まみれの裸身をぐったりと、渡に覆いかぶせてくる。

「真帆さん……」

「もう一回ぐらい……オチ×ポから抜いておけばよかったかなあ……」

「えっ」

「冗談。ンフフ、気持ちよかったわよ、渡くん……」

「あっ……」

真帆は愛(いと)おしそうに、あらためて渡を抱きしめた。左の胸でとくとくと心臓が早鐘のように鳴っている。

(俺も、気持ちよかった)

ようやく射精衝動が収束しようとしていた。

渡は真帆に抱きすくめられたまま、目を閉じて深々と長い息を吐いた。

第三章　森の中で未亡人と

1

「あら、由紀子さん」

「まあ、真帆さん」

フレンドリーな笑顔を意識しながら、真帆は手を振って由紀子に近づいた。いかにも偶然なふりをしているが、じつはすべて計画どおりだ。

気づかぬ由紀子を尾行して、いっしょにこの場所までやってきた。

それもこれも、すべてはあのインチキ社長のため。気持ちよくしてくれたお礼にと、渡のために一肌脱いでやろうと請け負った。

（なんで私がこんなことまでしなきゃいけないのって気もするけど、まあいいわ。出

血大サービス）

心中で渡の顔を思いだし、真帆は苦笑する。

どこにでもいるような平凡な顔つきだが、どこか憎めないかわいらしさが、渡にはあった。

「偶然ね。由紀子さんもよくここに？」

親しげに微笑みながら、由紀子がかけていたベンチの隣に腰を下ろす。

この地を訪れる観光客はもちろん、地元の人間や別荘族にも人気の高い、緑豊かな公園。

自然の勾配をそのまま利用した大きな園内には、池があったり遊歩道があったり、子どもたちが遊ぶための遊具コーナーがあったりして、いつもたくさんの人々で賑わっている。

「え、ええ。真帆さんも？」

由紀子は木陰のベンチで休んでいた。読もうととりだした本をバッグにしまい、真帆に笑顔を向ける。

この未亡人とは、この間渡といっしょにいたときに一度会っただけ。だが真帆は、長年の友だちのように、その懐に入りこんでいく。

この屈託のなさと図々しさこそが、自分を実業家として成功させた理由であることを、真帆は自覚している。

「そうなの。ここ、気持ちいいものね。緑は多いし、広々としているし」

目を細め、感心したように周囲を見ながら、心地よさげに真帆は言った。

嘘だ。

本当は大嘘もいいところ。

こんなところに来るぐらいなら、空調のいきとどいたおしゃれなカフェでのんびりしている方がよほどいい。

いくら木陰とはいえ、紫外線を遮断できるわけではないし、虫とか葉っぱとか大嫌いである。

「そうですよね」

だが由紀子は、イノセントな笑顔で真帆と対した。

真帆は思う。

この未亡人は、紫外線は気にならないのだろうか。

さりげなく由紀子の肌を盗み見て、その透きとおるような美しさに、ちょっぴり嫉妬すら覚える。

「この間はどうも」

なにくそと思いながら、優雅にあいさつをした。

「あ、いえ、こちらこそ」

「お近づきになれてうれしいわ」

「私もです」

由紀子はたおやかに微笑み、真帆に調子を合わせてくる。

この人、本当に素直な性格かも知れないわねと、野生の勘で真帆は思った。

今のポジションに上りつめるまで、自分で言うのも何だが海千山千できた。人を見る目には、それなりに自信がある。

「それにしても知らなかったわ。あの前島宗十郎先生の奥様でいらしたのね」

真帆は感動したように由紀子を見た。

本当は前島宗十郎のまの字も知らなかった。だが子供のころから、一夜漬けでいい成績をとることはお手のものである。

「あ、は、はい」

「立派なご主人でしたわね。私、先生の『海へ』という作品が特に好きで、美術館にももう何度足を運んだことか」

「ありがとうございます。すみません、美術館に『海へ』がなくて」

「そ、そう。そうなのよね。それがもう残念で残念で。おほほほ。おほ」

（危ない危ない）

この地にある美術館に、その作品が所蔵されていると勘違いをしていた。もう少しで間抜けな嘘をついてしまいそうだったことにヒヤヒヤしつつ、背すじに冷や汗を伝わせる。

「前島先生と言えば……」

失点を挽回するかのように、真帆は大急ぎでリサーチした前島宗十郎の業績と自分がいいと思う絵画について弁舌をふるった。

ついこの間まで名前すら知らなかった画家について、ここまで雄弁に、熱をこめて語れる自分に、真帆はちょっぴり苦笑する。

そして、さりげなくこんなことまで口にした。

「由紀子さんって一流の男を虜にする、特別な魅力がおありなのかもね。ンフフ」

「え、そんな」

耳にした言葉が信じられないとでも言うように、由紀子は真剣に驚いていた。

演技などではないことはすぐに分かる。由紀子は恥ずかしそうに顔を赤らめ、小さくなって首をすくめた。

(かわいい)

そんな未亡人のウブな仕草に、ますます好感を抱いてしまう。

真帆の知る限り、この世の大抵の連中は性格が悪い。

ここまでの美人で、性格が悪くないだなんて、もうそれだけで国宝ものの値打ちではあるまいか。

(しかもおっぱい大きいし。むっちむちだし)

いたたまれなさそうに恐縮する未亡人を盗み見て、真帆はますますジェラシーを覚えた。

その美貌は楚々とした和風の奥ゆかしさで、まさに大和撫子。

性格も挙措も上品そのもので、こんな女性なら男だけではなく、女だって惚れそうである。

そこへ持ってきて、巨乳で肉感的ときたものだ。

真帆だってタイプとしては同類だが、残念ながら自分には由紀子の持つ古風な魅力はどこをどう探しても見当たらないとため息が漏れる。

渡がこの女性にぞっこんなのも、無理はなかった。

「あの人も一流だものね、押野さん」

今思いだしたとでも言うように、空を見あげて真帆は言った。

「えっ。あ、え、ええ、そうですね」

真帆に調子をあわせて、由紀子は言った。

（うーん）

未亡人を観察して、真帆はすばやく思考をめぐらせる。

（関心がないわけではないけれど、今のところは四分六分……って感じかしら。そこまで興味を抱いているわけでもなさそうね）

やれやれ、やはり私の力が必要かしらと真帆は思った。

「あの人も素敵な人なんですよ。もちろん由紀子さんもご存じだと思うけど」

渡への敬意を態度で示しつつ、真帆は由紀子に言う。

宣伝のもっとも大事なポイントは、決して宣伝ぽくしてはならないということ。そして、ごく自然な口コミこそが、現代では最高のＰＲ手法である。

「い、いえ。私はまだそれほど、あのかたとおつきあいがあるわけじゃ」

思ったとおり、由紀子は目の前で手を振り、そう言った。

さあがんばれ私と、真帆は自分に発破（はっぱ）をかける。

「そうなんですか。私、じつはあのかたとはそこそこつきあいが深いんですけどね」

嘘ではない。

つきあいは長くはないものの、深いことにかけては人後に落ちない。

自分の身体の深いところをえぐって幸せにしてくれたあの日の渡を思いだし、ちょっとだけ、身体がうずいた。

「すてきな人ですよ、あの人。あの若さで、すごいビジネスをなさっていて」

「そうみたいですね」

由紀子は真帆がつく嘘を疑いもせず、柔和な笑顔で答える。

ちょっぴり罪悪感を覚えないでもないが、今の真帆のミッションは、とにかく渡を売りこんであげることだ。

「あの人ってね……」

真帆は声をひそめた。

周囲を意識するふりをして、自分が体験した、渡の人となりを示すエピソードをあれこれと披露する。

もちろん、すべてでまかせだ。

そもそも真帆にしたところで、渡の人となりなどほとんど知らないのだからしかたがない。

だが、そんな真帆にでも分かっていることがある。

ひとつ、渡は決して悪い人間ではない。

愚かでエッチではあるものの、たいしたことではない。なぜならば、愚かでエッチではない男など、ただの一人として真帆は知らない。

ひとつ、渡は真帆に好意を持ち、真帆もまた、わずかではあるものの渡に好意を抱いている。

あの愚かでエッチな男が発憤して真の男になるためには、やはりこの女性が必要だ。男をやる気にさせるのに、これ以上のガソリンもまたない。

そこまで考えて真帆はハッとした。

そうか。自分はあのスケベなインチキ社長を、自分が考えていた以上に評価しているらしい。

「そうなんですか」

真帆のでまかせの数々を、由紀子は感心した様子で聞いていた。

もちろん真帆はたいしたことを言っているわけではない。ああ見えてとてもやさしいのだとか、すごい人なのにちっとも偉ぶったところがないとか、性格が素直で魂がきれいだとか、誰もが好感を抱くようなポイントを、でっちあげのエピソードとともに話して聞かせただけである。

しかしでっちあげの話を語りながら、同時に真帆は確信していた。

具体的なエピソードこそねつ造ではあるけれど、自分は本当に、あいつはこんな男である気がする、と。

それは、身体を重ねた真帆だから分かる真実だろうか。そもそも真帆がかわいいと思う男に、根っからの悪人は一人もいない。

（効いてきたかしら……）

うなずきながら自分の話を聞く未亡人を、目を細めて分析した。

先ほどまで四分六分程度だった渡への関心が、少なくとも五分五分ぐらいにはなってきた気がする。

（さあ、勝負よ）

「それでね」

真帆は一か八かの勝負に出た。

「これは私が勝手に気づいているだけなんだけど」

小声でささやき、じっと由紀子を見た。

「……えっ？」

由紀子はそんな真帆をきょとんとして見つめかえす。

「……」

「な、なんですか」

「あの人ね」

さっぱり合点がいかない様子である。

多分演技ではない。真帆は確信した。顔を近づけ、耳もとに口を寄せて、小声でささやく。

「えっ」

「多分あの人……由紀子さんに好意を抱いてる」

「……」

「まさか」

由紀子の美貌が、またしても紅潮した。

「まさか、そんな。まさか、まさか」

そんなことはあり得ないとでも言うかのように、目の前でブンブンと手を振って否定した。

(やっぱりかわいい)

まぎれもなく、ピュアなタイプのようだ。自分もこんな女性に生まれたかったなと、自虐的に真帆は思う。

「あり得ない？　ほんとにそう思う？」

「あり得ません。あり得ません。いやだ、困る」

火照ってしまう美貌をどうすることもできないようだ。由紀子は手で自分の顔をあおぎ、恥ずかしそうに真帆の視線から逃れた。

「もしも、ほんとにそうだとしたらどうする？」

真帆はさらに攻めたてた。

「ええ……？」

由紀子の目が泳ぐ。

脈ありだ。

自分でも気づかなかった渡への思いに、たしかに未亡人は目覚めていた。

「ど、どうするって――」

「賭けてもいいわよ」

自信たっぷりに言い、真帆は胸を張った。余裕の笑みさえ浮かべてみせる真帆を、困惑した顔つきで由紀子は見る。

「あの人、由紀子さんに興味津々よ」

ゆっくりと、断言するように真帆は言った。

そして、うなずく。

ダメ押しで言った。

「ねえ。もしも告白されたら……由紀子さんどうする？」

2

「きれいですね、紅葉」

「え、ええ。ほんとに……」

（いやだ、しっかりして、私ったら）

声が無様にうわずってしまうことに、由紀子はうろたえた。

いい歳をした大人の女が、いったいなにを浮きたっているのか。ばかみたい。自分はもうそんな歳ではないことは、誰に言われるまでもなく分かっている。

――つもりだった。

それに、胸の奥にいる男性は死ぬまで前島宗十郎ただひとり。そんな風にも思っていたはずではなかったのか。

自分の情けなさを由紀子は呪った。いったい自分がどうしたいのかも分からなくなっている。

この人に誘われ、のこのことついてきてしまうだなんて、いい大人がすべきではなかったのではあるまいか。

「…………」

心を乱しつつ、由紀子はチラッと、並んで歩くその人を見る。

押野渡。

知らなかったが、一部ではかなり著名な起業家なのだという。

今、由紀子は渡とふたりきり、別荘地の奥にある静謐な湖畔を歩いていた。

ちょうど紅葉がみごろな時期。燃えあがるような色合いの葉たちが、湖畔をいろどるように美しく風に揺れている。

別荘族御用達のこの湖畔をおとずれる人は思いのほか少なく、今日も渡と由紀子以外、人の姿はなかった。

まさに、贅沢な景色をふたりで独占。

だが、由紀子はこの景色が見たくてこの地を訪れたはずなのに、正直、落ちついて紅葉狩りなどしていられない。

（まさか、こんなことになってしまうなんて）

渡と会話をしながら、由紀子はとくとくと胸の鼓動をはずませていた。

表札も出ていない隣の別荘に、まさかこんな人がいただなんて。

前にこの地を訪ねたときとは、隣の別荘のオーナーが別人らしいということには気づいていた。

どんな人が新しいオーナーになったのかと思ったりはしたが、積極的に興味を抱いたわけではない。

人は人、自分は自分。

明るかった亡夫のように社交的なわけでもない由紀子は、そんな風に思いながら生きていた。

だからこの展開は、我がことながら意外すぎる。

引っ込み思案で人づきあいの苦手な自分が、まさかこんな風に年下の実業家と、デートのような時間を過ごしているだなんて。

（デート）

自分で思っておきながら、その言葉にますます狼狽した。

ふたりきりの散歩は、やはりデートということになるのだろうか。そうだということが分かっていながら、自分は渡の誘いに乗ってしまったのか。

(あり得ない)

どうかしていると、由紀子は自分を持てあました。

こんな女のはずではない。少なくとも、自己評価としては由紀子はおのれをそう考えていた。

それなのに……。

――多分あの人、由紀子さんに好意を抱いてる。

(ああ……)

数日前に真帆から聞いた、その言葉がまたしても脳裏によみがえる。

そんなはずはないと何度も否定をすればするほど、その言葉は由紀子の頭のなかにべっとりとこびりついたかのようになった。

(なにを思ってついてきたの、由紀子)

のんびりと、美しい湖畔を渡と散策しながら、由紀子はなじるようにおのれに問いかけた。

万が一、真帆の言うとおりだったとしたら、渡は今このときも、自分に対して胸をときめかせてくれているはず。

それはあなたの望むことなの、由紀子――そんな風に問いかける自分の中の自分に、由紀子はしっかりと返事ができない。

だがただひとつ、はっきりしていることがあった。

いっしょに紅葉を見にいきませんかと渡に誘われ、由紀子はつい心が華やいだ。

そんな自分に、罪悪感を覚える由紀子もいるのに。

心の中にはずっと変わらず、亡夫がいると思っているのに。

(あなた)

天をあおぎ、亡き夫に問いかける。

見わたすかぎり、抜けるような秋の青空がどこまでも広がっている。まだ午前中の空は心なし硬質なものを感じさせ、吹く風が、陽光を受けてキラキラと輝いているかのようだ。

(怒っていない？　こんなことをしている私を……ねえ、あなた。私……あなたにひどいことをしていない)

正直、事業家だとかなんだとか、そんなことはどうでもよかった。もしも自分がこの男に惹かれているとしたら、それはそんなところにではない。

むしろ、気になっているのはこの男の寂しそうな横顔だった。

理由は分からない。

だが、時折ふと垣間見せる無防備な横顔には、見ているこちらの胸を締めつける、形容しがたい何かがあった。

それが、気になった。

自分に好意を寄せてくれていると聞かされてからは、なおさらである。

もしかしたら、なにか秘密があるのかも知れない。しかし、そこまで詮索できるはずもなかった。

けれど、惹かれているとしたら、むしろそちらのほう。

亡夫の宗十郎もそうだったが、由紀子は男がふと見せる寂しそうな横顔の向こうに、動物的な感覚で魅力をおぼえた。

他人にはうまく説明できない、由紀子ならではのテレパシーのようなもの。それをたしかに、由紀子はこの男にも感じるようになっている。

「こ、こっちに行ってみましょうか」

「えっ？　あ、はい……」

渡はやさしく由紀子をエスコートし、湖畔沿いの道をはずれて森の中へと足を踏みいれた。

「えっと……押野さん？」

そこは、道があるわけではなかった。

生え放題の雑草をかきわけるように奥へと進もうとする渡に、由紀子は背後から声をかける。

「あ、この奥に、激レアな紅葉があるんです。メチャメチャきれいですよ」

すると渡はふり返り、かわいい笑顔になって由紀子に言った。

「そうなんですか」

「ご存じありませんでしたか」

「え、ええ……」

「さあ、どうぞ。足もと、気をつけてくださいね」

渡は言うと、ふたたび先に立って歩きだした。

「こんな奥にも、紅葉が……」

由紀子は不思議な気持ちになりつつ、渡のあとにつづいた。

夫もこの場所が好きで、別荘に来るとよくふたりで湖の畔（ほとり）を手をつないで歩いた。

この湖のことは夫もあれこれと調べたりしていたが、森の奥の紅葉のことなど、由紀子は今日初めて聞いた。

「こっちです、由紀子さん」

「はい……」

だが、置いて行かれるのが由紀子は怖かった。へたをすると、丈の高い雑草が渡の姿を隠してしまい、不安に襲われる。

歩を早めて、渡の後を追った。森に入ると、高い木々の枝が天井のようになり、由紀子から青空を奪った。

あたりが暗さを増し、心なし気温も下がった気がする。

(どこまで行くのかしら)

渡の背中を見つめて、由紀子は思った。

いいおばさんが何をしているのと思いながら、渡を見ると、ついドキドキとした。

3

(なにをしているんだ、俺は)

未亡人を森の中にいざないながら、渡はいくぶんパニックになっていた。ちらっとうしろを振りかえる。由紀子はとまどった様子ながらも、丈の高い草をかき分け、渡のあとを追ってくる。

ホワイトのブラウスに、エレガントさを感じさせるグレージュのカーディガン。キャメルのロングスカートも、由紀子の品のよさをいっそう魅力的に演出している。

こんな女性と散策ができるだなんて、もうそれだけで頬をつねりたくなるほどだった。

だがそれもこれも、「自分は新進気鋭の若手実業家」という偽りの虚構の上に成り立っているできごとだと思うと、押し寄せる不安は自分でもどうしようもないほどのものになる。

予定では、こんなことをするはずではなかった。

のんびりとふたりで湖畔を散策したら、指原の別荘に由紀子を誘うつもりでいた。そして、由紀子にコーヒーをふるまったりして、ゆっくりと話ができればうれしいと思っていた。

それは、この思いがけない僥倖(ぎょうこう)を後押ししてくれた、あの人妻社長からのアドバイスでもあった。

――気持ちは分かるけどがっついちゃだめよ、きみ。急いてはことをしそんずるって言うでしょ。こういうことはね、時間をかけてタイミングを待つのが得策だからね。

真帆はそう、渡に言ったのであった。

真帆から、由紀子も多分脈ありだから誘ってみたらと言われたときは、本当に驚いた。

気持ちを見透かされていたことも意外だったが、それよりも、真帆が自分のために動いてくれ、それとなく由紀子の気持ちをたしかめてくれたことにも信じられない思いがした。

――お礼よ、お礼。私を気持ちよくさせてくれたから。私、借りはしっかりと、何倍にもして返すタイプだから。

真帆はそう言って笑い、うろたえる渡にいろいろと知恵をさずけた。

まずは湖畔をふたりで散策し、その後別荘に誘うこと。

ただし絶対に手は出さない。

どこまでも紳士的にふるまいつつも、しっかりと自分の気持ちを未亡人に伝える。

あとは運を天に任せるのみだが、自分が天にそれとなく聞いてみたところ、いい方向に転がる可能性はかなり高いわよと、真帆はウィンクをした。

渡は天にも昇る心地で真帆に礼を言い、人妻のコンサルティングにしたがい、由紀子を散歩に誘った。

断られたら目も当てられないなと心配しながらの行動だったが、由紀子は真帆の言うとおり、恥ずかしそうにしながらも誘いを受け入れ、渡とふたり、湖畔まで来てくれた。

会話のやりとりも、ここまでは上出来だった。

こんなことを話すと女は喜ぶわよと真帆にアドバイスをもらえたことが功を奏し、今のところスムーズかつスマートに、由紀子とのコミュニケーションを続けられている。

さあ、いよいよ別荘に誘って本日の第二章だ——そんな段階に来たところで、渡は自分でも思いがけない行動に出てしまったのである。

こんな幸せ、絶対に長くは続かない——。

そんな風に思ってしまう自分を、どうすることもできなくなっていた。

至近距離で対する由紀子は、ただでさえ男を浮きたたせる魅力に満ちている。

今までだって、ついそわそわと落ちつかなくなる自分を、意思の力でなんとか渡は押さえつけてきた。

だが今日は、それもできなくなっていた。

由紀子もまた、それなりの好意を抱いてくれているらしいと知ってしまったことで、この人への想いを制御できなくなっている。

分かっている。

これからやろうとしていることは、かなりリスクが高い。

真帆に知られたら「やめなさい、ばか。なにを考えているの」と怒られることは必定だ。

しかしそれでも、渡は思いをこらえきれなくなっていた。

それほどまでに、由紀子の魅力には男を狂わせるものがある。

そして、もしも由紀子が好意を寄せてくれているとしても、それは偽りの虚像としての渡なのだ。

不安だった。不安で不安でたまらない。由紀子を失いたくないという思いが、渡をおかしくさせた。

(もうだめだ)

かなり奥まで森を来た。

だがどこまで行っても、激レアな紅葉など見当たらない。鬱蒼とした薄暗い森が、この世から渡と由紀子を隔絶した。

ズボンの尻ポケットの中で、スマートフォンが振動している。

誰かから電話が来たようだ。

しかし正直、今はそれどころではない。

「あの……押野さん？」

「ああ、由紀子さん！」

「きゃあああ」

全身がしびれ、身体だけでなく理性まで完全に麻痺していた。

いつもの渡ならとうてい考えられない、おろかな蛮行。だが渡は、もう後先考える余裕すらない。

「お、押野さん⁉　なにを……んむぅぅ……」

「んんむぅ、おお、由紀子さん。んっんっ……」

……ちゅう、ちゅぱ、ぢゅちゅ。

(ああ、俺、由紀子さんにキスを)

胴回りの太い巨木に未亡人を押しつけ、強引に唇をうばった。渡の勢いを受け、未亡人のくちびるがやわらかくひしゃげて歯と歯がぶつかる。

「んんっ、お、押野……むんぅ」

「はぁはぁはぁ。んっんっ」

スマートさとはほど遠い、無骨で性急な接吻。なんて間抜けなと思うものの、衝きあげられるような激情を抑えられない。

（キスをしている。俺みたいな平凡な男が、こんな特別な女性に……）

生々しいくちびるの感触をリアルに感じながら、渡は天にも昇る気持ちだった。

強引すぎるこの接吻は、下手をしたらもはや犯罪。だがそれでも、渡はとろんととろけてしまう。

ぽってりと肉厚の朱唇はプリプリとした弾力に富み、渡の勢いを艶めかしく受け止めて何度もひしゃげる。

カチカチと音を立てて歯と歯がぶつかるたび、渡はキュンと股のつけ根がせつなく、しかも甘酸っぱくうずいた。

甘くかぐわしい吐息は、もはや同じ人間とは思えない。夢中になって口を押しつけ、ちゅぱちゅぱと音を立てて唇を吸えば、美しいその人は「んむう、んむう」と困惑したうめきをあげ、必死に渡を押しかえす。

「だ、だめ、やめてください、押野さん。私、そんなつもりで来たんじゃ……」

「そんなこと言わないで。お、俺の気持ち……分かってくれているんですよね、由紀子さん」

「それは……むんぅ、むんぅ、ああ、いやあ……」

……ちゅぱ、ちゅう、ピチャ。ピチャピチャ。

「はぁはぁ。由紀子さん……」

(ああ、たまらない)

巨木に未亡人を押しつけ、か弱い抵抗を強引に封じた。右へ左へと顔を振り、夢中になってその口を求め、さらに脳髄をしびれさせる。

熟女のせつない鼻息が、渡の顔面に降りそそいだ。

自分ごときがこんな極上の美女とキスをしているという信じられない事実に、ますます昂ぶりを覚える。

「由紀子さん、舌ください。ねえ、舌……」

「いや。いやあ……」

「お願い。お願いです」

「誰か。あああ……」

渡は由紀子に舌を求め、自らも思いきりとびださせる。

しかし未亡人は応じない。

必死に唇を閉じ、渡の舌を口中に進入させせまいと懸命だ。だが、ギュッと目を閉じる硬い表情までもが、あまりにも美しい。

「んんぅ、由紀子さん……」

「もうやめてください。押野さん、お願い……」

「ああ、由紀子さん」

……ぷにぃ。

「きゃあああ」

(うおおおおっ！)

ベロチューへと行為をエスカレートできない欲求不満と由紀子への愛おしさが、さらに渡を暴発させた。不意打ちのように熟女の胸に手を伸ばし、おっぱいを鷲づかみにする。

由紀子の乳はとてつもない柔和さだ。ズシリと重たげな量感なのに、その感触は今にもとろけてしまいそうである。

「おお、由紀子さん、やわらかい」

……もにゅもにゅ。もにゅもにゅ、もにゅ。

「あああ。いやあ。揉まないで。やめてください。だめぇ」

「た、たまりません。ごめんなさい、でもゾクゾクしてしまいます。くうぅ」

「ああああああ」

いやがる由紀子に有無を言わせず、さらにグイグイとその背を巨木に押しつける。

最初は片房だけだったのが、もはやそれだけでは飽き足らず、二本の腕でふたつの乳をせり上げるように揉みしだく。

「うおお、やわらかい。やわらかい、やわらかい。それに……やっぱり大きい！」

「いやあ。揉まないで……だめ、だめえ、やめてください。誰か。だれ――んんっ」

由紀子は大声を上げかけた。

渡はあわてて、そんな熟女のくちびるを片手でふさぐ。

「お願いです、お願い。声出さないで」

「んんむぅ」

「どうしよう、どうしよう。由紀子さん、ああ、俺……もう思いが……あなたへの思いが！」

「ひゃあ」

衝きあげられるような激情はいかんともしがたかった。渡は未亡人のブラウスのボタンをはずしていく。

「お、押野さん。押野さん、いやです。いやあ」

「お願いです。ああ、俺……」

由紀子はいやがって暴れるも、渡は許さない。

胸もとを隠そうとする細い腕を払いのけ、白いブラウスのボタンをはずすと、ガバッと左右にそれを開く。

「いやあああ」

「くうぅ……」

純白のブラジャーが中から現れた。

やはりこの乳は、軽くGカップは余裕である。

それほどまでに、おっぱいを包む白いカップは特大サイズだ。小玉スイカさながらの豊満なふくらみを、白いカップがしめつけるように包んでいる。

「ゆ、由紀子さんのおっぱいが見たいです」

渡は求めた。

だが当然のように由紀子はいやがる。

「いやです。いやです、やめて」

「お願いです。我慢できない」

抵抗する由紀子の手を払いのけ、ブラカップの縁に指をかけた。

そして勢いのまま、強引にブラジャーをズリあげる。

――ズルズルッ！

「あああああ」

「由紀子さん、すごい！」

(えっ……ええっ？)

目の前で揺れるたわわな胸乳に、息づまるほどの昂ぶりを覚えた。

あこがれの女性のおっぱいだからという理由だけではない。由紀子のGカップ乳は思いもよらない眺めで、またも渡を浮き足立たせる。

(冗談だろう)

正直、こんな光景は想像もしていなかった。

小玉スイカを思わせる、大迫力な丸みの頂点をいろどっているのは、なんとデカ乳輪である。

直径、四センチぐらいはあるのではあるまいか。想像もしていなかった鮮烈な絶景に呆けたように見とれる。

新雪を思わせる色白な乳肌。

そのいただきにあるデカ乳輪は、桜のような色合いだ。

なんとも言えない淡さとはかなさを感じさせる色なのに、その面積は特大サイズ。

しかもこんもりと、鏡餅のように白い肌から盛りあがっている。

中央にある乳首は、乳輪より深い色をしている。濃厚なピンク色にはどこかザクロを思わせるものがあり、なんとも生々しい。

こんなおっぱいを見せられては、たまったものではなかった。悪いのは言うまでもなく自分だが、由紀子をなじりたい気分にすら駆られてしまう。

「いやらしい。由紀子さん」

「ひゃあああ」

あらためて、両手で生乳を鷲づかみにした。

(うおおおっ！)

衣服の上からも感じたことだが、やはり直接つかむと、乳のやわらかさはさらに段違いである。

練り絹顔負けの上品な感触に、熟女の体温までもが加わって、渡は本能のまま乳を揉まずにはいられなくなる。

「くぅ、ゾクゾクする」

「きゃん」

……もにゅもにゅ。もにゅ。

「いやあ。揉まないで。誰か。誰かああ」

「大声出さないでください。お願いです」

「きゃあああ」

とろけるような乳をうっとりと揉み、片房のいただきにむしゃぶりつく。そのとたん、由紀子は悲鳴をあげたものの、もはや渡は後戻りできない。

「おお、由紀子さんの乳首。乳首、乳首。んっんっ……」

……ちゅうちゅう、ちゅぱ、ぢゅる。

「あああ、いや。いやあ。やめてください。乳首、舐めないで……吸わないでください。だめだめ。あああああ」

「はぁはぁ。んっんっ……」

……ぶちゅっ。ぢゅるちゅ。ぢゅちゅう。

「ああああ」

いやがられればいやがられるほど、獰猛(どうもう)なまでに欲望が肥大した。

指を開閉させて思いのままに乳を揉みしだきつつ、片房の乳首をねろねろと舐め、赤ん坊のように何度も吸う。

「あっあっ。んっあああ」

「勃ってきました。由紀子さん、はぁはぁ。乳首、勃ってきた。んっんっ……」

「そんなこと言わないでください。恥ずかしいです。あァン、やめて。いや。いやあ。きゃあああ」

一方の乳首を唾液でドロドロにするや、すかさずもう一個の乳芽にもむしゃぶりついた。

今度は明らかに、由紀子は身体をビクンとさせる。最初に乳首に吸いついたときとは異なるその反応に、渡はますます鼻息を荒くする。

「感じてきてくれましたか。ねえ、そうなんですか」

「ち、違います。私、そんな……そんな。あああああ」

……ねろねろ。ねろねろねろねろ。

さらにねちっこい揉み方で乳肉をまさぐりつつ、舌でコロコロと乳首を転がす。

最初のころに比べたら、やはり乳首には淫らな変化があった。意に沿わぬ刺激ながらも耐えきれず、ビンビンにしこり勃って性の感度も高めていく。

「勃起してきた。ああ、いやらしい。こんなに硬くなって。ねえ、感じますか、由紀子さん。いっぱい感じますか？」

……れろれろ。ちゅうちゅう。ねろねろ、れろ。

「うああ。か、感じてない。感じてません。ああ、やめて。ほんとに私、大声……誰か。誰か。きゃあああ」

渡はくるりと熟女を回転させた。虚を突かれた未亡人は悲鳴を上げ、木の幹に手をついて転倒を防ぐ。

渡に背中を向ける格好になった。

そのチャンスを渡は逃さない。ロングスカートの裾に指をかけ、一気呵成に腰の上までたくしあげる。

4

「きゃあああ」

「おおお。由紀子さん！」

めくりあげたスカートから、眼福ものの絶景が現れた。想像はしていたが、これはまた、なんとむちむちとした下半身。健康的な太ももが惜しげもなくさらされ、フルフルと肉をふるわせる。

膝裏のくぼみまでもが無性にセクシーだ。

ふくらはぎの筋肉がキュッとしまっては、ふたたび弛緩してぷるんと揺れる。

(て言うか……このお尻！)

だが、とりわけ渡の視線を釘付けにさせたのは、パンティに包まれた熟れ熟れのヒップ。

たくましさあふれる臀部に吸いつくかのように、下着がフィットしている。パンティもブラジャーと同様、楚々とした純白カラーである。

「由紀子さん。もうだめだ」

「あああああ」

本能で花蜜に吸いよせられる蜜蜂さながら。気づけば渡は地面に膝をつき、たわわな臀肉を二つとも鷲づかみにした。

もちろんおっぱいほどにやわらかくはない。

だがこちらにヒップを突きだす体勢のわりには、由紀子のお尻は驚くほどのやわらかさを持っている。

「やめて、押野さん。やめてください」

「たまりません。はぁはぁ。由紀子さん、たまらない」

……グニグニ。グニグニグニ。

「あああああ」

渡は乳でも揉むかのように、今度は尻肉を揉みしだいた。

パンティを道連れに、たくましい尻肉を夢中になってまさぐれば、下着の布がカサカサと音を立ててよれる。

尻の割れ目へと、どんどん生地が食いこんでいく。

「いやあ。やめてください。押野さんがこんな人だったなんて。いやあ……」

「ゆ、由紀子さん」

大樹の幹に両手をついた未亡人は、背後にヒップを突きだす格好になっていた。

上半身は、なかば下方に向けられている。

そのせいで、大きな乳がゼリーのように伸び、長細くなっていた。

まるで牛の乳のように下品に変形し、暴れるたびにたゆんたゆんと重たげに揺れ踊っている。

（セックスがしたい、この人と）

焦げつく思いで、そう思った。

あまりに魅力的な女体を前に、考えられることは合体がしたいという、ただそればかりになってきている。

「由紀子さん。お尻の穴、見せてください」

「えっ。きゃああ」

許しの言葉を待つことなく、渡はいきなり白いパンティを尻から剝いた。許してもらえるなどとは思っていない。渡の脳裏を支配するのは、ただただいやらしいことがしたいというそれだけである。

「おおお、由紀子さん」

降ろしたパンティの中から飛びだしてきたのは、熟れた水蜜桃を思わせる、なんとも旨そうな完熟ヒップ。

プルン、プルプルと柔らかそうな肉をふるわせ、尻の表面にさざ波を伝わせて、男の淫欲をこれでもかとばかりに煽ってくる。

「お、お尻だ。はぁはぁ……由紀子さんのお尻。お尻！」

「ひゃあああ」

気がつけば渡は、両手で尻肉を直接つかんでいた。憑かれたようにグニグニと尻肉を揉みしだき、こねて、こねて、こねまくる。

しかも、それだけではない——。

「いやあ、やめてください、押野さん。もうやめ……ああああ」

「おおお、肛門が見える。由紀子さんの肛門！」

「いやあああ」

リズミカルにまさぐるだけでは飽き足らず、尻肉を左右に広げ、くぱっ、くぱっと尻の谷間を露出させた。

尻渓谷の底から姿を見せるのは、いやらしい肉のすぼまりだ。

「はぁはぁ……由紀子さんみたいにきれいな人でも、肛門はやっぱりこんなにシワシワなんですね」

冷静に考えるなら、ばか丸だしとしか言いようのない下品な言葉。

だが、それは心からの感激の言葉だった。

大好きな女に対して男が本音で吐く言葉など、多かれ少なかれ、ばか丸だしになるしかない。

キュッとすぼまった肛門から、何本ものしわが放射状に伸びている。

由紀子の秘肛は見られることを恥じらうかのように収縮と弛緩をくり返し、ますます卑猥な眺めになっている。

「ひいい、そんなこと言わないで。恥ずかしい。恥ずかあああぁ」

「はぁはぁ……しかも、肛門もこんなにきれいな桜色。んっ……」

……ピチャピチャ、れろん、れろん。

「いやあああ」

渡は尻の谷間にむしゃぶりつき、容赦なくアヌスを舐めまわした。

由紀子の肛門は、乳輪と同じ色をしている。信じられないことに、アヌスの周囲までもが、あわくはかなげな桜色だ。世の中には、こんな肛門を持つ人もいるのだと、新鮮な感動と驚きを覚える。

「きれいだ、肛門もきれいだ。んっんっ」

「あああ。あああああ」

「はぁはぁ……嘘みたいだ。由紀子さんの肛門だ、肛門だ。ああ、肛門！」

「いやあ。やめてください、やめて。あああああ」

「わわっ」

愛しい女性の秘肛を舐めるという信じられない事態にのめりこみ、つい隙が出た。

いやがって暴れる熟女は左右に尻を振るだけでなく、うしろにもググッとヒップを押しだす。

そんな巨尻の圧迫に、ついバランスをくずした。

冗談だろうと自分でも驚いたが、あっけなく重心が背後にかたむき、背中から地面に倒れこむ。

「――っ。はぁはぁ」

「あっ、由紀子さん」

由紀子は千載一遇のチャンスにすばやく反応した。

脱兎のごとくその場から駆けだし、乱れた下着や衣服をもとに戻しながら、湖畔のほうに逃げていく。

「ゆ、由紀子さん。由紀……わたたっ」

あわてて追おうとしたが、下草に足を取られた。

今度は前のめりにつっぷす。あわただしく雑草をかき分ける音が、どんどん遠ざかっていく。

「……なにをしているんだ」

ようやく渡は冷静になった。心に理性を取りもどすと、鉛を呑みこんだような気持ちになってくる。

「俺ってば……なんてひどいことを」

恐怖と羞恥にかられた未亡人の美貌を思いだし、罪悪感が増した。

せっかくのチャンスを演出してくれた真帆が腕組みをし、軽蔑するようにため息をつく姿が、まざまざと脳裏をよぎった。

「もう終わりだ……」

渡は肩を落とし、指原の別荘に戻ろうとした。

空も大気もどこまでも澄みわたり、気持ちのいい秋の風に頬を撫でられているというのに、心はどんよりと重い。

やらかしてしまったことの重大さを思えば、無理からぬことではある。

「……」

通りの角を曲がると、彼方に指原の別荘が見えてきた。その手前には、もちろん由紀子の別荘もある。

由紀子はもう戻っているのだろうか。謝りに訪れても、門前払いにされるに決まっているのだろうなとため息が出る。

「どうしよう……」

因果応報が世の習いとはいえ、あまりの情けなさに、心だけでなく身体までもが重くなる。

由紀子の別荘の前を通らなければ指原の別荘に戻れないことにも憂鬱さが増した。

「渡くん」

そのときだった。

いきなり背後から声をかけられる。

渡はあわてて後ろをふり向いた。

「あっ……」

思わず息を吞む。

そこにいたのは、意外な女性だった。

指原美和（みわ）、三十歳。

指原の妻である美貌のスレンダー美女が、にこやかな笑顔とともにそこにいた。

第四章　欲しがる友人の妻

1

「うん、それじゃ。はいはい……」

渡はそう言って、スマホの電話を切った。

「ありがとう」

そんな渡に笑顔を向け、美和が礼を言う。

「いや、別にいいけど」

「さあ、とにかくもっと飲もう」

「あ、う、うん」

美和に誘われ、さっきまでいた自分の席に戻る。

指原の別荘であるアメリカンハウス。そのリビングダイニングルームに、渡と美和はいた。

三十畳ほどはあるだろう、広々とした部屋。意匠にも贅の限りがつくされ、高級感あふれる空間は、この別荘の持ち主がとんでもない成功者であることを雄弁に伝えている。

ふたりはそれぞれの革張りソファに座り、ウォールナットのローテーブルを囲んでいた。

別荘にあるものはどれもこれも高級品ばかりだが、ウォールナットのアンティークテーブルも、たしか百万円以上はしたはずだ。自慢げにそう話した指原の情報から、渡はそのことを知っていた。

リビングには、多分これ以上大きい薄型テレビはないだろうと思われる巨大なテレビが一隅に配され、これまたシックでアンティークな暖炉が、また別の一角をいろどっている。そもそも冬になんか来るのか、こんなところに、と突っこんだ渡に、苦笑しつつ、かつて指原はこう言った。

——そういう問題じゃないんだよ、金持ちの世界は。

「まだビールでいい？」

物思いに沈みそうになる渡に美和は言った。

「あ、うん、すみません」

「て言うか、全然飲んでなかったのね。自由に飲んでもらってかまわなかったのに」

渡が恐縮して持つグラスにビールを注ぎながら、美和は言った。

すでにふたりで、五百ミリリットル缶を三つほど空にしている。美和の美貌がほんのりと、艶めかしく紅潮するのも無理はない量である。

昼日中からのビールは、やはりかなり効く。

「でも、悪いからさ」

美和に答えて、渡は言った。

冷蔵庫の中には、美和が差し入れだといって以前送ってくれた缶ビールが、ほとんど手つかずのまま冷やされていた。

こんな別天地のようなスペースをほとんどただ同然で貸してもらえているだけでも分不相応というもの。

美和の女性らしい気づかいとやさしさはありがたかったが、遠慮なく贈りもののビールを空けられるほど、渡は図々しくない。

（それなのに）

どうしても思いだしてしまうのは、つい先ほど自分が働いた、いいわけしようのない蛮行。

いくら血気にはやってしまったとはいえ、この小市民な人間がどうしてあんな大胆なことをと、悔やんでも悔やみきれない。だが今は、そのことについてゆっくりと考えたり、反省したりする余裕もない。

「なんか言ってた、あいつ？」

お返しとばかりに渡がついだビールを嚥下（えんげ）し、硬い笑顔とともに美和は聞いた。

気にしているのは、つい今しがた渡が終えたばかりの電話の内容だ。渡は美和の夫である指原との会話を終えたところだった。

「いや、うん……心配してたよ」

「そう」

渡に横顔を向け、視線を合わせずに美和はビールを飲んだ。

「どこに行っちゃったんだろうって、本気であせってた」

「あせらせとけばいいのよ、あんなやつ」

美和は吐き捨てるように言い、自分の言葉の強さに気づいたように、渡を見て白い歯をこぼす。

「ありがとうね、話を合わせてくれて。感謝してる、渡くん」

「いや、うん……」

こんな自分でも、感謝してくれる人もいるのだなと、渡は自虐的に思った。

「……」

ちらっと美和の横顔を盗み見る。

酔いのせいでいくぶん目の感じがぼうっとなり、頰にも色っぽい朱色が差していた。

だがその表情は愁いに沈み、指原との夫婦げんかの激しさをいやでも想像させる。

本来なら、美和は数日後に、指原とふたりでこの地に来るはずだった。

ところが、こともあろうに指原の浮気がこのタイミングで発覚し、ふたりの自宅は昨夜、ちょっとした修羅場になったのだという。

居場所をなくした美和は昨夜遅く、指原と暮らす豪邸を飛びだし、当てもなく方々をさすらった。

そして別荘に来ることを思い立ち、タクシーを飛ばしてこの地を訪れたのである。

由紀子と森に入ったころ、スマホに連絡が入ったが、あれは美和からのものだった。

あのとき電話に出ていたら、また今とは違う展開になっていたのかなと、ぼんやりと渡は思う。

出ればよかった、と。

「ほら、食べてよ、渡くん。せっかく駅前で買いこんできたんだから」

美和はフレンドリーな口調で言い、昼間から口にするには贅沢なつまみの数々を渡に勧めた。

「うん、ありがとう」

渡は恐縮し、勧められたものたちに箸をのばす。

フカヒレの姿煮に、牡蠣のオイル漬け。高級牛肉を使っているという手こねハンバーグにロールキャベツ。

みんな美味である。

先ほど後ろから声をかけられたとき、美和は両手にこれらの食材が入ったレジ袋を提げたまま、渡に笑顔を見せたのだった。

「まったくあいつってば……」

昨夜の激突を思いだしたのか、美和は忌々しげにつぶやき、目を細めてくちびるを嚙んだ。

「……」

渡はビールを飲み、美味なつまみを咀嚼しながら、そんな美妻の横顔を盗み見る。

互いに大学生だったころからの知りあい。指原と交際するようになった美和は、名門お嬢様大学に通う才色兼備の才媛だった。

女子大生時代はモデルとして、ネットや雑誌の女性向けコンテンツで活躍し、ちょっとした有名人だった。

優雅さを感じさせる美貌に、スタイルの良さ。さらには聡明さ。かてて加えて、金持ちの夫――。

世の中には、これほどまでに何でも持っている女性もいるのだなと、なにひとつたいしたものなど持っていない渡は、信じられない思いでこれまで何度、美和の横顔や見事なボディを盗み見てきたか分からない。

クールな凜々(りり)しさを感じさせる美貌は、男たちだけでなく、同性の女たちからもうらやましいと賞賛される見事さ。

アーモンドの形をした美麗な両目が、ややつり上がり気味に細面(ほそおもて)の顔をいろどっている。

まぶたは二重。

インパクトのある双眸はいつも濡れたような潤みを持っていて、まつげの長さも相まって、見る者をゾクッとさせる色香にあふれている。

鼻筋がすっと通っていた。

この高い鼻は美和のプライドの高さとも重なって、近づきがたい高貴な雰囲気をもたらしている。

スレンダーな美女である。

小さな顔にも無駄な肉などどこにもなく、シャープな頬のラインにすら、気の弱い男だったら容易に近づけないオーラが感じられた。

髪型は、学生時代はロングのストレートだったが、指原と結婚してからは、ショートボブが定番になっている。

おそらく指原の趣味なのであろうと、渡は踏んでいた。

（そして、このスタイル……）

ほれぼれとため息をつきたくなる美貌を感心しながら鑑賞すると、渡の視線は自然に下降し、美和のボディに移った。

学生時代にはモデルをしていたほどなのだから、スタイルの良さは折り紙つきだ。スラリと手脚が長く、S字状に流れるボディラインの凹凸（おうとつ）にも絶妙なセクシーさと優雅な肉体美が感じられる。

なによりも、身長が女性としては高いほうだった。

身長一七〇センチなかばほどの渡と並んでも、ヒールを履いていたらさほど差のない大きさ。

一七〇センチあるかないかといったところだ。

そんな大柄な存在感に、神から与えられた見事なスタイルと美貌が加わっているのだから、ある意味、鬼に金棒のようなビジュアルの持ち主。

そんな美和は、今日はキャリアウーマンのようなホワイトシャツに紺のスラックスという装いだ。

白いシャツの胸もとを、ほどよい大きさの乳房が押しあげている。

どうやら花柄のブラジャーをつけているらしい。うっすらと、下着の柄が透けている様がエロチックだ。

長い脚を組み、やや前かがみの姿勢でソファにいた。親指の爪を嚙みながら、なにごとか思案している。

若い時分から、それがこの美女のくせだった。

「ねえ、渡くん」

やがて、美和は言った。

「あ、うん」

渡はドギマギしながら返事をする。

「旦那に浮気された女の気持ちって、分かる？」

「あ……」

こちらを見つめられ、あわてて視線をそらした。

やはりきれいな人である。

今まで何度、こんな女性を妻にめとれて、指原はなんと幸せな男かと嫉妬したことか。

「ねえ、分かる」

「いや、それは……」

「……」

「やっぱり……悲しいよね」

「悲しい」

生まれて初めて悲しいという言葉を聞いたとでも言わんばかりの雰囲気だ。美和は渡の言葉をオウム返しし、眉根に皺を寄せて考えこむ顔つきになる。

「悲しい」

「か……悲しくないの？」

二度同じ言葉をくり返した美和に、渡は怪訝さを覚えながら聞いた。まさかうれしいわけがないではないか。

「悲しいって言うか」

だが、美和は言った。

「えっ……」

「悲しいって言うか……なんか腹が立つ」

「——っ。美和ちゃん。あ……」

美和はローテーブルにグラスを置くと、ソファから立った。座っていたのは、一人掛けのソファ。長い脚を内股気味に動かし、二人がけソファに座る渡に近づいてくる。

「あの、美和ちゃ、わああっ」

ついすっとんきょうな声をあげた。いきなり美和が、身体を露骨に密着させて、隣に腰を下ろしたのだ。

「美和ちゃん」

「指原のためにがんばってきたの、ずっと」

訴えるように美和は言った。

「あっ……」

どうやら、思っていたより酔いが回っているようだ。こちらを見つめる視線はどこか濁りがあり、目の焦点も心もとない。

もしかしたら、一気に酩酊感が強まったのかも知れない。

「わ、分かってるよ」

渡はうんうんとうなずいて美和に調子を合わせた。

美和の口からは酒臭い香りがしたが、細身の肢体からは上品な柑橘系のアロマがほんのりと香る。

美和がお気に入りにしている高級フレグランスのひとつだろう。あまりにいい香りだったため、感想を口にしたら喜ばれたことがあった。あのとき美和は「指原はちっとも分かってくれないの」と、夫へのイヤミも忘れなかった。

「指原のためにがんばってきた。ほんとよ。結婚してから、いつだってあいつがいちばんだった」

「分かってる」

「なのに、あいつってば、これまでいったい何人の女と浮気したと思う？」

「えっと……」

渡の知る限り、五人はいた。

だがさすがに、知っていることを正直には話せない。

すると、美和は言った。

「十六人よ」

「じゅ――」

渡は驚き、目を見ひらいて美和を見る。自分が知っていた指原の武勇伝など、ほんの一端に過ぎなかったのだ。

美和の朱唇が小刻みにふるえた。

アーモンド型の両目から大粒の涙があふれだす。

「美和ちゃん……」

「昨日、知ったのが十七人目。ンフフ」

美和は笑った。泣きながら笑った。

目の前で涙と笑い声を同時に漏らす美人妻に、渡は胸を締めつけられる。こんな美和を見るのは初めてだ
「あ、あの……美和――」

「約束したのよ、あいつ。十六人目の時。もう絶対しないって。泣きながら謝った。

私も泣いた。もう耐えられないって。そして言ったの」

そこまで言うと、美和の双眸が艶めかしく光った。

「えっ……？」

「今度浮気したら、もう私……貞淑な奥さん、やめるからって」

「……うん？」

渡はじっと美和を見る。

「貞淑な奥さん……やめる？」

「そう。やめるって言ったの。でもあいつは……あいつは！」

「うわああ」

いきなり美和に押したおされた。

シートに仰向けになった渡は、覆いかぶさる美和と目と目が合う。

「ちょ……美和ちゃん⁉」

「渡くん、あいつ、私をばかにしてるわよね。それでもしたのよ、また浮気」

「いや、あの」

「抱きたくない。私を？」

あばれる渡の両手を押さえつけ、セクシーな声で美和は言った。

「──えっ⁉」

「抱きたくない？　ねえ、正直に言って。私って、もうおばさん？　女として、魅力ない？　渡くんも、指原と同じように私を見てる？」

「あ……」

渡の頬を雨滴のようにたたくものがあった。

美和の涙。

覆いかぶさる美妻の両目から、次から次へと涙があふれる。

「美和ちゃん……」

「ねえ、嘘でもいいから言って。抱きたいって」

そう懇願する声はなかばうわずり、ふるえてもいた。

やはり飲みすぎだよ美和ちゃんと、渡は思う。子どものように泣きじゃくる美女にさらに胸を締めつけられる。

「ねえ、言ってよう。言ってよう」

美和は泣きながら渡に抱きついた。

（ああ……）

密着した人妻の身体は驚くほど熱を帯びている。

「美和ちゃん……」

「抱きたいって言って。悔しいよう、渡くん。悔しいよう」

「いや、えっと……」

「あーん」

美和は渡の身体を揺さぶり、駄々っ子のように感情をぶつけた。友人の妻が本気の泣き声をあげるたび、いっしょに渡の身体もふるえる。

胸につぶれるのはやわらかなおっぱいだ。

美和が感情にまかせて身体を押しつけるたび、美乳がふにふにとひしゃげ、クッションのようにはずんでいる。

(なんだこの展開は)

心のどこかでそんなことを思いながら、渡は美和を抱き返した。

(なんだこの展開は)

もう一度心で自分に問いかける。

獰猛な欲望が臓腑の奥からせりあがった。

こんなこと、していいはずがない——今日はいったい何度、同じことを思えばいいのだろう。

暗澹(あんたん)たる気持ちになりながらも、渡はまたしても、底なしの奈落に落ちようとしていた。

2

「ハアァン、渡くん……」

「美和ちゃん。美和ちゃん。んっんっ……」

……ピチャピチャ。れろん、ぢゅぷ。

斜め上から、豪快なシャワーの雨が降りそそぐ。渡は美和とふたり、生まれたままの姿になってバスルームで接吻を交わす。

(信じられない)

脳髄が怪しくしびれるのを感じながらも、渡は夢見心地だった。

このところ、自分の人生は一体どうなってしまったのか。今までならあり得ないことが、次々と起きている。

自分ごときがまさか美和とこんな展開になるだなんて。

(やっぱり、すごくスタイル、いい)

友人の妻とのキスに酩酊しつつ、渡は美和の肉体のすばらしさにあらためて感激していた。

すらりと手脚が長く、出るところが出て引っこむところがしっかりと引っこんだナイスバディは、まさにモデル向き。

とりわけ脚の長さは、裸にしてみるといっそう鮮烈に感じられた。背丈は渡のほうがあるが、股下に関して言えばほとんどどっこいどっこいだ。

その上、おっぱいの美しさは渡の期待と想像を上回った。

伏せたお椀を思わせる見事な形のおっぱいが、そのいただきにサクランボのような乳首をとがらせている。

乳首は淡い鳶色で、それをいろどる乳輪の色合いはさらにはかなげである。

乳首のまわりにブツブツと気泡のような粒が浮いている眺めにも、なんともそそられる。

いいのか、本当に、と渡は思う。

この人は指原の妻だぞ、それなのに、こんなことをしてしまって本当にいいのだろうか。

だがそうは思いつつ、股間から反りかえる極太は、すでにビンビンである。

「アァン、渡くん。んっんっ……」

「み、美和ちゃん。おおお……」

なおもとろけるようなキスに耽るふたりを、白い湯気が包んだ。

シャワーヘッドから噴きだす湯のしぶきが渡と美和の裸身をたたき、ぐしょ濡れのふたりの肌をぬめり光らせる。

美和はすでに、髪の毛までびしょ濡れで、まさにお湯のしたたるいい女。

こんな姿の美和は初めて見るが、いつものしっかりと着飾った姿との落差には、神々しいまでのお宝感がある。

ところが――。

(由紀子さん)

美和を目の前にして、ふいに清楚な未亡人の姿がよみがえった。

楚々としたその小顔だけではない。

たわわな乳房を、迫力たっぷりの臀部を、まざまざと渡は思いだす。思いだし、そして、せつなくなる。

あれはまだ数時間前のことだった。

分かっている。

自分は指原の妻に、こんなことをしてよい男ではない。美和の理屈は理屈として、渡には指原に恩義がある。

(それなのに)

またしても由紀子を思った。

渡は午前中の禁忌なできごとから逃避しようとする自分に気づいている。

「あはぁ、渡くん、エッチなことして……」

「美和ちゃん……」

自らもむさぼるように渡の口を求めながら、おもねる声音(こわね)で美和は言った。

「興奮してよう、私に。私だってまだまだ捨てたものじゃないって思わせて。エッチなこといっぱいして、私の身体でいっぱいいっぱい――」

「おお、美和ちゃん」

「アッハアァ」

寄った人妻の裸身を独楽(こま)のように回した。壁に手を突かせ、バックに尻を突きださせる。

「はぁはぁ。はぁはぁはぁ」

自らは美和の背後に膝立ちになった。

これは、つい数時間前、別の美熟女に強いたポーズ。

由紀子から逃避しようとしているのに、あの人にした行為の続きを別の女性としようとしている。

なんなのだ、これは。渡は思う。

いったい自分は、なにを考えているのだろう。

「おお、美和ちゃん」

……ニチャ。

「キャヒイィン、ああ、渡くん」

尻肉を鷲づかみにし、予告もなく肛門に舌を突き立てた。目でしっかりと見るより先に、舌先がシワシワの秘肛をとらえる。

「はぁはぁ。美和ちゃん、おおお……」

……ピチャピチャ。ねろねろ、ねろん。

「あっあっ。あっあっあっあっ。ハアァン、渡くん、恥ずかしい……ああ、そんなこ……あっあっ……ひはっ、うあああぁ」

まだアヌスを舌で舐め始めただけだった。

それなのに、美和の反応はかなり敏感だ。

肉のすぼまりに舌を押しつけ、マッチでも擦るかのようにねろん、ねろんと跳ね上げる。

そのたび、ビクン、ビクンと派手に痙攣し、恥じらうように、求めるように、美和は締まったヒップをプリプリと振る。

(けっこう感じやすいのかな。それとも、酔っているせい？)

よくは分からなかったが、いずれにしても渡の鼻息は荒さを増した。

日ごろの雰囲気が女王様タイプで、男を寄せつけないような高嶺(たかね)の花感が強いため、別人のようにも思えるいやらしい反応には、男の淫欲を刺激するものがある。

「はぁはぁ……おお、美和ちゃん」

……にちゃ。くぱあ。

「ハアン、いやあ。いやあ。あああああ」

(ああ、見えた。美和ちゃんの肛門！)

いったい今日はなんという日であろう。

渡は思った。

由紀子に続き、今度は指原の妻の排泄門をこんな風に見ているだなんて。

……くぱっ。くぱあ。にちゃ。

「いやあ。そんな風に広げないで。恥ずかしい。恥ずかしい。ああああ」

「くぅ、エロい……」

ふたつの尻肉を左右に割ってはもとに戻し、美人妻の尻渓谷の底を露わにさせる。そこにあったのは、これまたいやらしいシワシワの蕾。中心のすぼまりをいろどる周囲の肌は、けっこう濃いめの鳶色をしている。

(由紀子さんと違う)

つい渡は由紀子と比べた。

信じられないほどはかなげな、桜の色をしていた由紀子の肛門。舌先に感じた美麗なアヌスはやはりざらざらとした感触で、舐めるたびに肉のすぼまりが収縮と弛緩をくり返した。

「美和ちゃん、美和ちゃん。んっんっ……」

……ピチャピチャ。れろれろ、れろん。

心で由紀子を思いつつ、友人の妻の肛門を渡は舐めた。由紀子への罪悪感も、美和へのそれもともに増す。

「はあ。うああ、恥ずかしい。恥ずかしいけど感じちゃう。感じちゃうよう、渡くん。もっと舐めて。もっといやらしいことして。うああ。うあああ」

「はぁはぁ……いやらしいこと……」

ストレートに求めてくる美和に、さらに昂ぶった。

渡は確信する。

由紀子に対してしたかったことを、今自分は美和にしていると。由紀子との禁忌な記憶から逃避したくてたまらないはずなのに、心の中には同じように、まだなお強く未亡人を求める自分がいると。

「いやらしいこと……はぁはぁ……いやらしいこと……おお、美和ちゃん」

「きゃあああ」

渡はまたしても、全裸の美妻をくるりと回した。再びこちらに向きなおらせ、その背を洗い場の壁に押しつける。

3

「はぁはぁ……美和ちゃん、ガニ股になって」

壁ドンポーズのように両手を壁につき、美和に顔を寄せて渡は言った。

「えっ、ええっ？」

「ガニ股になって。ほら、早く」

「わ、渡くん。私、恥ずかしい」

美和の美貌は、すでにほんのりと紅潮していた。だが思いもよらぬ渡の求めに、その小顔はいちだんと妖しい火照りを増す。

「もっといやらしいこと、してほしいんでしょ。だったらしてあげるよ。ほら、ガニ股になって」

「渡くん」

「な・り・な・さ・い」

「いや。いやいやいやあ」

「しかたないな。そらっ！」

「ああああ」

恥じらう美和に、サディスティックな本能がうずいた。

人妻の前にひざまずく。やわらかな内ももに両手を差し入れ、ガバッと大胆に開脚させる。

予想もしない行動だったのだろう。

美和は腰でも抜けたように壁を下降し、転倒を防ぐかのようにググッと両脚を踏んばった。

「おお、美和ちゃん。いやらしい」

できあがったのは、高貴な美女のガニ股ポーズ。

死んでもこんな格好には、本来なら絶対にならないだろう。そんな人が、二目と見られぬ卑猥な姿におとしめられている。

自分でさせておきながら、そんな美和のあられもない姿に、股間の猛りをししおどしのようにしならせた。

脚がすらりと長く細い分、ガニ股になったときの破壊力には男を浮きたたせるものがある。

ふくらはぎの筋肉が盛りあがり、そこに影ができる様もなんとも色っぽい。

（それに……ああ、美和ちゃんのオマ×コ！）

先ほどからチラチラと見え隠れしていたが、渡はようやく美和のもっとも恥ずかしい部分を至近距離で見た。

無駄な肉など全身どこにもない美和だが、ヴィーナスの丘のふっくら加減は、さすがは熟女。

たっぷりの脂肪を内包したジューシーなふくらみが、こんもりと股のつけ根に盛りあがっている。

鮮烈なまでに、縦一条の亀裂が走っていた。ワレメから窮屈そうに、二枚のラビアがべろんと飛びだしている。

頭のてっぺんからつま先まで、どこを見ても完璧と言いたくなる恵まれた美女。ところが、恥裂からはみ出すビラビラは生々しくも不格好で、やはりこの人もまた、一匹の獣（けもの）に過ぎないという事実をいやでも感じさせる。

そんな女陰の上部をいろどるのは、淡くはかなげな陰毛の群生。ハートのようにも見える形に栗色の縮れ毛が生え、今はじっとりとそれらがお湯に濡れている。

「はぁはぁ……美和ちゃん。自分でオマ×コ広げて」

「えっ、ええっ？」

いやらしい渡の求めに、美和は目を見ひらいた。

「オマ×コ、指で広げて。『くぱあ』って言いながら」

そんな美和に、渡はなおも命じる。

「く、くぱあってなに」

「いいから。ほら」

「あああ……」

とまどう美和の両手を取り、どちらも股間に近づけた。

人差し指を伸ばし、大陰唇にくっつけてと命じると、美和は恥じらいながらも言われたとおりにする。

「ほら、くぱあって」

「渡くん、私、恥ずかしい。ねえ、くぱあって……」

「いいからやって。ほら！」

「うあああ。く、くぱあ……くぱああ……」

……ニチャッ。

（うおおおおっ！）

あおられた美和は、もはや観念した様子だった。

ふるわせる声を恥じらい一色に染め、指で淫華をくつろげる。もちろん両脚はガニ股に広げたままである。

「ああ、美和ちゃん。いやらしい！」

眼前に現出した信じられない光景に、渡は恍惚（こうこつ）となった。

M字状に脚を広げているだけでも息づまるような猥褻さ。それなのに、美和は白魚のような細い指で、やわらかな女陰を菱形に広げている。

露わになった粘膜の園は、すでにねっとりとぬめり光っていた。

切断したばかりのサーモンの断面を思わせるような生々しい色をした粘膜が、重たげな汁で潤みきっている。

菱形をした粘膜の最下方に、胎肉へとつづく小さな穴が開いていた。

その穴は、見られることを恥じらうかのように、さかんにヒクヒクと収縮と開口をくり返す。

「おおお、み、美和ちゃん。んっ……」

……ピチャ。

「うあああ。ああ、渡クゥン」

渡は舌を突きだし、露出した粘膜に突き立てた。

美和は感電でもしたかのようにスレンダーな肢体を痙攣させ、天を仰いでとり乱した声をあげる。

「はぁはぁ……美和ちゃん。おお、美和ちゃん。んっんっ……」

……ピチャピチャ。れろれろ、れろん。

「うああ。うあああ。アァン、渡くん。いやン、どうしよう。ああ。あああああ」

「はぁはぁはぁ」

渡は夢中になって、指原の妻の媚肉を舐めしゃぶった。美和は痙攣し、長い脚を閉じようとするが、渡はそれを許さない。

両手で内ももを押しかえし、洗い場の壁に押しつける。

強制的に下品なガニ股をつづけさせながら、舌を猛烈に跳ね踊らせ、ピチャピチャ、ねろねろと、汁まみれの淫肉を舌で責める。

「あっあっ。うああ。うあああああ。ああ、渡くん、感じちゃう。恥ずかしいけど感じちゃうよう。でもガニ股いや。ガニ股いやあああ」

「だめだよ、許さない」

「あああああ」

美和は羞恥にふるえ、懸命に脚を閉じようとした。

しかし渡はさらに力をギリギリと加え、キュッと締まった太ももを目の前の壁に押しつけつつ、さらに激しくクンニをする。

……ピチャピチャ。ピチャピチャピチャ。

「きゃああ。きゃあああ」

ワレメだけでなく、その上に鎮座するクリトリスも嗜虐的にはじいた。美和の淫核は肉の莢(さや)から半分ほど剝け、ルビーのような姿を見せている。

渡は舌を使って肉豆を莢からずる剝けにし、光る肉の宝石に右から左から、執拗に舌を擦りつける。

「ヒイィ。ヒイイィ。あぁン、渡くん。感じちゃう。感じちゃうよう。ねえ、渡くんは。渡くんも興奮してる？」

「はぁはぁ。あ、当たり前だよ、美和ちゃん。美和ちゃんみたいにきれいな人のオマ×コにこんなことをしたら……も、もう、たまらないよ！　ぷはっ――」

「うれしいの。ねえ、もっとして。もっと舐めてよう。うあああぁ」

「うおお、美和ちゃん……」

美和は自分からグイグイと秘丘を渡に押しつけた。

両脚の自由を封じられた窮屈な態勢ながらも、カクカクと前後に腰を振り、自らの意思で卑猥なワレメを、夫の友人に擦りつける。

(信じられない。あの美和ちゃんがこんなことを……)

女は抱いてみないと分からないと言われるが、まさにそうかも知れない。

モデルのような美貌と肢体で小心な男を威圧する高嶺の花が、よもやこんな浅ましいまねをしてみせるだなんて。

だが女とは、一皮剝けば多かれ少なかれ、誰だってこんなものなのかも知れない。

もしかしたら、あの人だって……。

（くうぅ）

思ってはいけない人に思いを馳せると、獰猛な欲望はさらにとげとげしさを増した。

渡は勢いよくその場に立ちあがる。

いきり勃つペニスがお湯のツユを振りとばし、ブルン、ブルブルとたくましくしなった。

4

「ああン、渡くん……」

「おお、美和ちゃん」

またしても目の前の美人妻を回転させる。美和は壁に両手を突き、命じる前に向こうから、ググッと尻を突きだした。

キュッと締まった、ほどよい迫力のヒップが、なにひとつ遮るものもなくドアップで迫る。

甘い白桃を思わせる、得も言われぬ形状。

尻の谷間に息づくアヌスは、呼吸でもするかのように締まったり弛緩したりをくり返す。

(もうだめだ！)

「おお、美和ちゃん」

尻を突きだす美妻の背後にスタンバイをした。位置をととのえ、腰を落とし、牝肉に亀頭を押しつけるや、一気呵成に腰を押しだす。

——ヌプヌプヌプッ！

「うあああぁ」

「うおお、すごいヌルヌル……」

熟女の胎肉は、奥の奥までねっとりとぬめっていた。その上奥に行けば行くほど、先細り感が増している。

これはまた、なんと気持ちのいい肉路かと感激した。まだ挿入しただけなのに、とてつもない狭隘さのせいで、背すじに鳥肌が駆けあがる。

「ああン、入ってきた。ねえ、動いて、渡くん。いっぱい動いてエェン」

いきり勃つ猛りを腹の底に受け入れ、美和はうっとりと合体の悦(よろこ)びを噛みしめた。

だがそれも長くはつづかない。早くもさらなる快感を求め、背後の渡に眉を八の字にして懇願する。

「くぅ、美和ちゃん」

もちろん渡も望むところ。

言われなくても爆発の瞬間まで、狂ったように腰を振るしかないと分かっている。

(そら行くぞ)

……ぐぢゅる。

「ンッヒイィン。ああ、渡クゥン」

「はぁはぁ。美和ちゃん。美和ちゃん。ああ、気持ちいい！」

……ぐぢゅる、ぬぢゅる。

「あああ、うあああああ。いやン、いやン。渡くぅん。あああああ」

シャワーのお湯にたたかれながら、渡はカクカクと腰を振り、友人の妻の淫肉と亀頭を擦りあわせた。

ただじっとしていても狭苦しい牝路は、やはり驚くばかりの窮屈さ。亀頭と牝ヒダが擦れあうたび、火花の散るような快美感がひらめく。

その上美和の媚肉は自らも蠕動（ぜんどう）し、さらに艶めかしくペニスをもてなした。

亀頭の先から根もとまで揉みしだくかのように締めつけられ、背すじを駆けあがる鳥肌が何層にも重なる。

「おおお、美和ちゃん、気持ちいい」

「うああ。うあああ。私もなの。私もなのおお。ああ、渡くん、奥すごい。奥イイ。奥イイン。うああああ」

「はぁはぁ。美和ちゃん……」

奥というのはポルチオ性感帯のことだろう。

たいして巨根というわけでもなかったが、女陰の奥に悦びを与えられているかと思うと、たまらなくいい気分になる。

しかも、よがり泣かせているのは本来なら抱くことなど何があっても許されない、友人の美人妻なのだ。

「美和ちゃん、ここ？　ねえ、ここ？」

渡はポルチオを意識して、膣奥深くへと亀頭をえぐりこむ。

――グチョグチョグチョ！　ヌチョヌチョヌチョ！

「ンッヒイ。ンッヒヒィン。ああ、そこ。そこそこそこ。そこほほほおっ」

ズバリ、快感のツボを責め立てることができているらしい。

肉スリコギで子宮をかき回すと、美和は背すじをU字にしならせる。天を仰いで小刻みに痙攣し、気が違ったような声をあげる。

見ればいつしか、美和はつま先立ちになっていた。生殖の快感に我を忘れ、とろんとした目を揺らめかせ、あうあうとあごをふるわせる。

「ねえ、もっとチ×ポでほじってほしい？　んん？　ここを。ここを！」

興が乗った渡は卑語を口にし、さらに激しく狂ったように膣奥をほじくり返す。

――グチョグチョグチョ！　ヌチョヌチョヌチョ、グチョ！

「うあああ。ほ、ほじって。いっぱいほじってええ。ああ、いいの。気持ちいい。気持ちいい。もっとほじって。ほじってほじってええ」

「なにで。美和ちゃん、ねえ、なにで」

「チ、チ×ポで。渡くんのオチ×ポで。うあああああ」

「エロいよ、美和ちゃん。そらそらそら」

浅ましい言葉を口にして求める美女に猛烈に昂ぶった。美和の細い腰をつかんだまま、突きあげるような挿入のしかたでペニスを突きさしては、膣ヒダを引っかきながら入口付近まで抜く。

「ヒイィ。ヒイイ。ヒイィィ。ぎもぢいいよう。ぎもぢいいよう。あああああ」

美和はもう、ちょっとしたトランス状態だ。

すべての音に濁点がついたような声になり、おぼえる悦びを言葉にしながら狂ったように髪をふり、自らも媚肉を男根に擦りつけてくる。

(ああ、最高だ！)

そのせいで、感じる気持ちよさはいちだんと強烈なものになった。

カリ首とヒダヒダが窮屈に擦れあい、気を抜けば、すぐにも精子を漏らしてしまいそうだ。

もはや限界のようである。

「み、美和ちゃんイクよ。そろそろ出すよ！」

渡はそう宣言すると、いよいよ腰の動きにスパートをかけた。

——パンパンパン！　パンパンパンパン！

「うあああ。ああ、いい。いい、いい、いいンン！　すごいの、すごいンン。わだじもイッぢゃう。わだじもイッぢゃう。ああああああ」

「くぅ、美和ちゃん……」

前へ後ろへとスレンダーな身体を揺さぶられながら、美和は彼女とも思えない引きつった声をあげた。

ぶらりと垂れたおっぱいがふたつ仲よくグルグルと回転するように揺れ、しこった乳首が虚空に円形のラインを描く。

（イ、イクッ！）

地鳴りのような音が耳の奥から高まった。

不穏な激情に身体がしびれる。目の前の美女のヒップに、狂ったように股間をたたきつけずにはいられなくなる。

——パシィン、パンパンパンパンパンパン！　パンパンパンパンパン！

「あああ。ああああああ。ぎもぢいい。ぎもぢいい。イグッ。イグッ。イグイグイグイグッ。うおお。うおおおおおおっ」

「美和ちゃん。イクッ……」

「おおおっ！　おっおおおおおおっ!!」

——どぴゅどぴゅどぴゅ！　びゅるる！　どぴぴぴぴっ！

（あああ……）

ついに渡はエクスタシーの頂点を極めた。

ロケット花火にでもなった気分。

天空高く打ち上げられたような爽快感をおぼえる。

せる。

渡はうっとりと目を閉じ、オルガスムスに打ちふるえながら、何度も陰茎を脈動させる。

重力からすら自由になれたかのような解放感は、射精の瞬間ならではの悦び。

（気持ちいい……ああ……）

……ドクン、ドクン。

「うあ……うああ……ハアァン、すごいン……アッハアァ……」

「美和ちゃん……」

ようやく美和のことに意識が向いた。

美妻もまた、いっしょに達したようである。

性器でひとつにつながったままだった。全裸の美和は不随意に身体を痙攣させながら、アクメの多幸感に酔いしれている。

なかば白目を剥きかけていた。

どろりと濁った両目の焦点はあっておらず、その意識が半分以上、現世から逸脱してどこかに行ってしまっていることを物語っている。

「すてき……だった……気持ち、よかった……アハァ……」

「そ、それは……よかった……」

うっとりと夢見心地で訴えるように言う美和に、冷静さを取りもどしながら渡は応じた。

荒い息をつくふたりを、なおも夕立のようにシャワーの飛沫が襲う。

(美和ちゃん)

なおも目をとろんとさせる美和に、複雑な思いになった。

それでも渡はなおもペニスを痙攣させ、射精の快感におぼれつづけた。

第五章　暴かれた素性

1

「あの、お話って……」

「あ……は、はい」

落ちつけと思っても、無様なまでに声がふるえる。

いや、ふるえているのは声だけではない。由紀子は気づいているだろうか。渡は身体も小刻みにふるえていた。

いつぞやふたりで入った、かつては純喫茶といわれたという駅前の喫茶店。今、渡はふたたび由紀子をともなってそこに入り、面と向かいあっている。

「……」

「…………」

由紀子も居心地が悪そうだったが、自分で誘っておきながら、渡もどうにも尻のすわりが悪い。

だが、ここを避けて通ることはやはりできないと、覚悟を決めて今このときを迎えている。

――お話ししたいことがあるんです。あと一度だけ、俺に時間を……チャンスをくれませんか。

渡は由紀子にそう懇願し、とまどう未亡人をこの場に誘った。

拒否されてもしかたがないと思いながら誘ったが、幸運にも由紀子は、にべもなく拒むことまではしなかった。

もしかしたら由紀子には由紀子で、文句のひとつも言わずにはいられないといった理由があったのかも知れないが……。

（さあ、言うぞ）

渡は自分に発破をかけ、いよいよ本題に入ろうとした。心臓は先ほどからバクバクと、大きな鼓動をくり返している。

アイスコーヒーのストローを口に含み、勢いよくすすった。むせそうになるも、間一髪のところで間抜けな事態を回避する。

美和との情事は最高だった。

だが渡は、指原の妻を抱いてしまったことで、ますます自己嫌悪におちいった。やはりこんなことをしてはいけなかったのだと苦い後悔にとらわれた。

大事な友人の妻だからというだけではない。

もちろんそれも大きな理由だが、それと同じほどの重大さで、渡は由紀子のことを思った。

由紀子から逃れたい一心で、なんの罪もない美和の肉体におぼれてしまったことに心苦しさを覚えた。

由紀子には、もうかなり嫌われてしまっていることだろう。

だがそれでも、もう一度由紀子に会い、謝罪とともに告白しなければならないことがあった。

自分は本当は金持ちでも何でもないということ。あの別荘の持ち主などでは、じつはないこと。

だがひとつだけ嘘ではないことがあるとするなら、それは真剣に由紀子を愛してしまったこと。

それだけは、なにがあろうと伝えなければいけない気がした。

もちろん玉砕覚悟でである。

そもそも自分のように平凡な男と由紀子では、あまりに不釣り合いだ。

それは美和や真帆もまた同じだったが、特別に意識をしている分、おぼえる彼我の差はさらに由紀子のほうが激しい。

「あの、由紀子さん」

椅子の上で姿勢をただした。背筋を伸ばし、にぎった拳を膝に置いて由紀子を見つめる。

「は、はい……」

渡の緊張感が伝染したかのようだった。由紀子も固い声で応じ、眉根に皺を寄せて尻の位置を直す。

「じ、じつは……」

「……はい」

渡はごくりと唾を飲む。

「じつは……じつは俺――」

「押野」

（えっ）

そのときだった。

場違いにも思える陽気な声が店内にひびく。

渡はあわてて声のした方を見た。

「あ……」

「おう、押野。なにをやっているんだよ」

「さ、指原」

片手をさっとあげ、快活な笑顔とともに近づいてきたのは指原だ。

「あれ、おまえ……明日くるはずだったんじゃ」

思いがけない人物の登場に面食らいつつ、渡は言った。

「ああ、でも善は急げってな。聞いてるだろう、あいつから？　あはは。いや、お恥ずかしい。仲直りするなら早いほうがいいしさ」

指原は破顔し、由紀子にもフレンドリーに会釈をする。由紀子もつられて、指原に頭を下げた。

（なんてことだ）

渡は心中で天を仰ぐ。

まさかこんなところに指原が顔を出そうとは思わない。パニックになった頭で、ここに至る事情を渡は思いだす。

指原は、あれから何度も美和の携帯電話に連絡をよこし、謝罪をくり返した。美和は友人のところに身を寄せていると、夫には嘘をついていた。

指原と幾度となく会話を重ねた末、美和は夫の謝罪を受け入れることにした。

そしてふたりは別荘で落ち合うことにし、指原は妻に、明日には別荘に向かえるからと言ったらしい。

美和はそんな夫に、自分は今日中に別荘に行って待っているからと告げ、電話を切ったと聞いている。

だから渡も、指原がやってくるのは明日だと信じこんでいた。

美和とセックスをしている現場にやってこられなくてよかったとふと思ったが、そもそも美和とはもう二度と、あんなことはしないだろう。

渡も苦い思いにさいなまれていたし、それは美和も同様なよう。

酔いにまかせて夫への当てつけのような行為を働いてしまったものの、酒が抜けると美和は美和で、重苦しい気持ちになったようだ。

そういう意味では、指原の予定が一日早まったところで困ることはなかった。だが、こんなところにやってこられてしまったとなれば、話は別である。

「指原、どうしてこんな店に」

それとなく、用を済ませたなら早く出て行けよという気持ちをこめつつ、さりげない調子で指原に聞く。

だが指原が、渡の心の悲鳴に気づくはずもない。

「うん？　いやさ、ここで売ってる自家製のパンっておいしいんだよ。せっかくだから、それを買って別荘に行こうと思ったもんだからさ。て言うか――」

指原は好奇心を全開にして、興味深げに由紀子を見た。

「どなた」

清楚な美女に興味を引かれた様子なのは間違いなかった。紹介してくれよという感じで、図々しくも渡に言う。

「あ……えっと――」

「ま、前島と申します」

すると、由紀子は自分から指原に名乗った。まじめな性格そのままに、折り目正しく頭を下げる。

「マエジマ……さん？」

指原はそんな由紀子に軽く会釈を返しつつ、記憶の引き出しの中をガサゴソとあさる顔つきになる。

「マエジマ……マエジマ……えっと、俺たしかどこかで……あっ！」

指原が小さく叫んだ。

「マエジマさんって……もしかして隣の……前島宗十郎先生の⁉」

「え……ええ……」

（まずい）

きょとんとした顔つきになり、由紀子は指原を見つめて言った。

「あの……『隣』って……？」

（最悪だ）

絶望的な気分になりながら、渡は目力で指原を制そうとする。だが悲しいかな、指原はつゆとも気づかない。

「そうかそうか、そういうことか」

勝手に納得し、許してもいないのに空の椅子に座る。にこやかに由紀子の顔を見ると名刺入れを取りだし、名刺を出して未亡人に渡す。

「……指原……さん？」

両手で受け取った名刺を見て、怪訝そうに由紀子は言った。

「はい。隣の別荘の持ち主です」

「……えっ！」

由紀子はフリーズしたように動きを止め、両目を見ひらいた。

(死にたい)

頭がまっ白になったという顔つきで、由紀子は指原と渡を交互に見る。

あまりにみじめな、地獄のような展開。

頭を抱えてつっぷしたくなった。

気分が悪くなり、えづきそうになる。

「押野からお聞きかと思いますが、前島さんの隣の別荘の現在のオーナーです。そういう話はしてくれてあるよな」

なにも知らない指原は、罪のない笑顔を渡に向けて聞く。

「いや、あの……」

しどろもどろになるしかなかった。

ことの次第が少しずつのみこめてきたらしい由紀子の表情に、今まで見たこともないような険しいものがにじみだしてきた気がする。

「どうだ、なかなかいいだろう、俺の別荘」

指原は嬉々として渡に言った。

「あ、ああ……」

嘔吐感がますます強まるのを感じながら、渡は弱々しく応じた。頭がクラクラし、意識が遠のきそうになる。

なにも知らない指原はご機嫌な笑顔のまま由紀子に言った。

「お聞きかと思いますけど、友だちなんです、押野と俺。こいつ、火事でおんぼろアパートを焼けだされちゃったもんだから、昔のよしみで別荘を貸してやったわけなんですけど……あ、おんぼろアパートはよけいか。あははは」

もうだめだ、本当に倒れると渡は思った。

目の前が暗くなりかける。

そんな渡の意識と目がとらえたのは、向かいの席から由紀子が立ちあがる姿だった。

耳障りな音を立てて椅子が床と擦れる。

驚く指原を尻目に、由紀子は伝票を手に取った。固い顔つきで席を離れると、ふわりと黒髪を踊らせる。

渡にはひと言もなく、レジへと向かった。

2

「もうここにはいられないな……」

湖畔をいろどる紅葉は、相変わらず見事だった。

おそらく別荘族だろう何組かの男女が、遠くを指さしたり笑いあったりしながら、ほとりを散策している。

渡は遊歩道に置かれたベンチに腰を下ろし、ため息をついた。身体も心もズシリと重く、もはや歩くことさえ億劫(おっくう)だ。

由紀子が怒るのも無理はなかった。

あと五分、渡の告白が早かったらまた別の展開になっていただろうが、時を巻き戻すことはできない。

指原に文句を言うことも、もちろんできなかった。

そもそも指原はなにも悪くない。

妻の美和に対して謝ることはあるだろうが、渡には感謝されこそすれ、謝罪しなければならないようなことはなにひとつしていない。頭を下げなければならないのは、むしろ愛妻を寝取ってしまったこちらである。

「どこに行こう……」

指原たち夫婦が来たら、小さな「離れ」に移ってそこを使わせてもらうことになってはいた。

だがもはや、どの面を下げて由紀子の近くにいればよいのか分からない。荷物をまとめ、今日中にも別荘地を発とうと決めていた。しかし、この地を去るにしても、いったいどこに行けばよいものか。

「……実家に帰るか」

恥を忍んでしばらくの間、と渡は思った。

東北某県にある実家には、兄夫婦とその家族、老いた父親が暮らしている。火事で焼けだされた事情は話してあるので、短期間だけいそうろうをさせてくれと頼めば、むげに断られることはないだろう。

たとえあまり仲のよくない兄弟だとしても。

「やれやれ」

とにかくいつまでも、こんなところでぼうっとしていてはいられない。どんよりと重い身体をむりやり動かし、渡は行動に移ろうとした。

「ちょっと」

すると、思いのほか近くで誰かの声がする。

女性である。渡はそちらを見た。

「あ……」

そこにいたのは、女性実業家の真帆だった。腕を組み、けわしい顔つきでギロッとこちらをにらんでいる。

「ま、真帆さん」

「真帆さんじゃないわよ、ばか」

憤懣（ふんまん）やるかたないという雰囲気であった。つかつかと渡に歩みよるや、容赦なく頭をこづく。

「あ、あの、えっと……」

「寝る相手が違ってるでしょうが」

「……は？」

渡の前に仁王立ちをし、腕組みをしたまま真帆は睨んでくる。

「寝る相手が……違う？」

真帆がなにを言っているのかよく分からなかった。だが目の前の熟女が真剣に怒っているとだけは間違いない。

「エッチしたんでしょ、美和さんと」

「……えっ！」

糾弾するように言われ、渡は絶句した。

「あの、どうして……どうして――」

「決まってるでしょ。あんたと美和さん以外に誰が知ってるって言うのよ、こんなことを」

「それじゃ……」

「言ったでしょ、美和さんとは知りあいだって。でもって、これは言わなかったかもしれないけど……」

呆然と声をふるわせる渡に真帆は言った。

「知りあいにもいろいろあるけどさ。こういう話ができるほどの関係ではあったわけ、美和さんとは。ご愁傷様」

言葉もなく見つめかえすと、女社長は顔をそむけ、これ見よがしにため息をつく。

「ケンカしたんだって？　美和さん、ご主人と」

腕組みをしたまま、真帆は人差し指を神経質そうに動かして、自分の二の腕を何度もたたく。

「その腹いせで、きみといけないことをしちゃったみたいだけど、酔いが醒めてみると後悔が強いって言ってた」

「ですよね」

「ですよねじゃないわよ」

「あたっ」

またしても頭をこづかれ、ベンチでバランスを失いかける。

「どうしてこんなことになっちゃってるわけ。由紀子さんとはどうなったの」

「……それを聞きますか」

「それを聞くためにこんなとこまできたのよ。こういうところ、あんまり好きじゃないんだけど」

「……は？」

「そんなことはどうでもいいの。ねえ、どうしてこんなことになっちゃってるの」

怒りをこらえる口調で、真帆は説明を求めた。

渡は熟女から目をそむけ、思わず知らず、またもため息をつく。

「なによ、そのこれ見よがしなため息」

「これ見よがしなつもりはないですけど」

「いいから、話してみなさいよ。どうしてこんなことになっちゃってるのか」

「真帆さん」

渡は真帆を制し、もう一度女社長を見た。

「俺……今日、ここから去ろうと思っています」

「はあ⁉」

「……」

さすがに、予想の斜め上をいく言葉だったらしい。

真帆は驚いたように目を見ひらき、理由を求めるかのように柳眉(りゅうび)を八の字にして渡を見た。

「じつは……」

思いだしたくないことをあれこれと思いださなければならなかったが、この人には義理がある。渡は胸のうずきに耐えながら、ことここに至る事情を包みかくさず真帆に話した。

話を聞き終えても、真帆はじっと押しだまっていた。渡を見つめたまま、フリーズしたように固まっている。

長い沈黙の後、ようやく口を開いた。

「はっきり言って……」

渡を見つめる視線に鋭さが増す。

心の奥まで射貫かれるかのようだった。

「思っていた以上にすっとこどっこいね、きみ」

「……すみません」

なんと言われても、返す言葉などあろうはずがない。身の縮む思いで、渡はぺこりと頭を下げた。

「女のことが、なにも分かっていない」

「おっしゃるとおりで」

うなだれたまま、上から降ってくる真帆の罵声に懺悔(ざんげ)した。

「最低ですよね、森の中に引きずりこんで、エッチなことをしようとしたり」

「ほんとよね」

あきれたようにため息をついて真帆は同意する。

「金持ちでもやり手の起業家でもないくせに嘘をついて、手の届かない世界の人にいけないことをしようとして」

「ほんとよね。くたばりなさい、この貧乏人」

「とほほ……」

手ひどく罵られ、渡はさらにがくりと肩を落とした。

「でもね」

そんな渡に真帆は言う。

「きみは女というものが分かっていない。ううん、違うわね」

ひと言ひと言、噛んで含めるように言ったかと思うと、真帆はやにわに自分の言葉を否定した。

そして、考える。

考えてから、もう一度、渡に言った。

「きみは、由紀子さんっていう人が分かっていない、のほうが正確かもね」

「……えっ？」

渡は顔を上げ、真帆を見た。

ハッとする。

いつしか真帆の顔には、不敵にも見える笑みが浮かんでいた。

「ど、どういうことですか、それ」

真帆の真意をはかりかねた。

渡は女社長に聞く。

「ねえ、真帆さん。どういうことですか、由紀子さんのことが分かっていないって」

「いい？」

突然真帆は前かがみになった。自分の両腿に手を当て、渡に美貌を近づけてさとすように言う。

「由紀子さんのところに行きなさい」

「ええっ⁉」

至近距離で見つめてくる真帆の迫力に耐えきれず、渡はのけぞった。

「む、無理ですよ、そんな」

「どうしてよ」

怖じ気づく渡に、真帆は問いかける。

「どうしてって……メチャメチャ怒ってるんですよ、由紀子さん」

「だから謝りにいくんでしょうが」

「うう……」

ズバリ、正論を言われて渡は言葉を失った。

真帆は目を細め、そんな渡をじっと見る。

「謝りなさい、正直に。そしてその上で、自分の本当の気持ちを言ってご覧、由紀子さんに」

「真帆さん……」

それは、母親のような口調だった。

渡は幼い子供に還ったような気持ちになる。

「きみはまだ、本当の由紀子さんを知らない」

断言するように真帆は言った。

渡はじっと真帆を見る。

ダメ押しのように、熟女社長は言った。

「女にもいろいろあるけどさ。少なくともきみは、まだあの人のこと、なにも分かっていないと思うわよ」

第六章　とろめく憧れ熟女

1

（門前払い、されなかった……）

心臓の鼓動は、早鐘のように鳴りっぱなしなままだった。最初の関門は幸運にも突破できたが、問題なのはここからだ。

「たいしたもの、用意してなくて。ごめんなさい」

「い、いえ、そんな……」

由紀子は緊張した声で言いながら、オーク材のしゃれた丸テーブルにお茶菓子とアイスコーヒーを置く。

ちらっと表情を盗み見れば、やはりその顔つきは相当に硬い。

（そりゃそうだよな）

今の状況を思うと、いやでもズシリと心が重くなる。

真帆にあおられてここまで来た。だが由紀子にしてみれば、いい迷惑以外のなにものでもないのではないか。

──女にもいろいろあるけどさ。少なくともきみは、まだあの人のこと、なにも分かっていないと思うわよ。

真帆の言葉が脳裏によみがえる。だが渡は、自分に都合のいい展開など、これっぽっちも期待していない。

神に誓って、それは言えた。

ここまで来たのは、やはり自分の言葉で由紀子に謝罪する必要を感じたから。しっかりと謝ってから、この地を離れようと思ったのである。

「由紀子さん」

通されていたのはラグジュアリーな別荘の、二十畳はあるかに思える豪奢なリビングルーム。

開放的な窓から、シックな調度品の数々に燦々と陽光が降りそそいでいる。座っていた椅子から尻をはずすと、渡はカーペットに膝をついた。

て見る。

自分の椅子に座ったばかりだった由紀子は、そんな渡を驚いたように目を見ひらいて見る。

「押野さん」

「申しわけありませんでした」

端座をした渡はカーペットに両手をつき、深々と頭を下げた。

土下座。

生まれて初めての。

床に額を擦りつけ、心からの謝意を形にする。

「やめてください、押野さん」

由紀子があわてて椅子から立ちあがるのが分かった。小走りに渡に駆けより、肩に手をかける。

「やめて、お願いです」

「謝らなくちゃいけません。俺は由紀子さんに、最初からずっと嘘ばかり」

渡は顔を上げ、由紀子を見た。

「全部、嘘でした。もう知ってのとおりです。隣の別荘の持ち主は、さっき喫茶店で会った指原。俺が由紀子さんに話したプロフィールは、ほとんどあいつから借りたまがいものです」

　また平伏する。

「うう……」

　困惑したように、由紀子がうめくのが分かった。

「俺はただのプログラマです。貧乏人です。なにもありません。アパートから火事で焼けだされて、すっからかんでここに流れつきました」

　渡は土下座をしたまま、由紀子に詫びた。

　憑かれたように話すうち、鼻の奥がツンとしてくる。

（泣くな、ばか）

　みじめだった。すべて本当のことを話しているが、あまりにみじめで涙なしには語れない。

「こんな嘘、ついたことなかったです。だっていつかはばれることじゃないですか。それなのに、本当のことが言えなかった。だって俺……俺……由紀子さんに一目ぼれをしてしまったから」

「押野さん……」

「うう……」

今度は渡がうめいた。

両の目からじわりと熱いものがあふれだしてくる。

「好きになってしまったんです。ごめんなさい。だから、嘘なんてついちゃいけないって思いながら、つい見栄を張って……えぐ……」

(泣くなって。このばか)

ただでさえ恥ずかしい場面なのに、涙まで見せてどうする。恥の上塗りもいいところではないか。

お願いだからこれ以上みじめにさせないでくれと、無様な自分に悲鳴すらあげたくなる。

「押野さん」

「すみません。俺ってば……」

あわてて上体を起こし、両手で涙をぬぐった。鼻をすすり、涙でかすんだ両目で由紀子を見る。

「分かっています。由紀子さんと俺じゃ、あまりに身分が違いすぎるって。でも好きになってしまった。だから、あんな嘘を。せめて自分の口でちゃんと謝りたかった。だから喫茶店に誘ったんです。嘘じゃありません」

「……あの」

「でも、悪いことはできませんね」

「えっ？」

「神さまは俺に謝らせてもくれなかった。指原は、神さまが俺にバチを与えるために、あそこに来させたんだと思います」

「押野さん……」

「本当にすみませんでした」

カーペットに正座をし、太ももに両手を置いて頭を下げた。

「もう二度と会うことはありません。安心してください」

「えっ……！」

「ここを出ていきます。本当の持ち主も来たことだし、もう管理人がいる必要もありませんから。それに……」

ああ、またダメだと思いつつ、くしゃっと顔がゆがんでしまうことを、渡はどうにもできない。

「由紀子さんのそばにいるの、つらいです……自分がみじめで……みじめで……えぐっ……」

「お、押野さん……！」

（あっ）

もう少しで声を出しそうになった。

思いがけない展開にフリーズする。

なんと由紀子がいきなり近づき、両手で渡を抱擁したのである。

「——ゆ、由紀子さん」

「よく……よく言ってくれましたね」

「……えっ！」

「勇気がいりますよね。本当の自分をさらすのって」

「由紀子さ——」

「よく言ってくれました。私はうれしいです。本当の押野さんを見せてくれて」

「……っ！」

由紀子は両手の力をゆるめ、渡から身を離す。

至近距離で、じっとこちらを見た。万感胸に迫るという顔つきで、両目を潤ませて渡を見つめる。

「つまり私は……押野さんだけではなく、あの社長さんにもだまされていたということですね」

「――っ！　す、すみません！」

渡は謝罪した。

「真帆さんを責めないでください。あの人は俺のために……少しでも由紀子さんに俺の印象をよくしようとして、俺の味方になってくれただけで――」

「責めていません」

あわてて抗弁すると、由紀子はおかしそうにクスッと笑い、たおやかにかぶりを振った。

「きっとあのかたも、押野さんのファンなのですね」

「は？　い、いや……違うと思いますけど……」

「気持ち、分かります。あの社長さんの」

「……はっ⁉」

渡は驚いて由紀子を見た。

由紀子は恥ずかしそうに頬を赤らめ、長いまつげを伏せて言う。

「あなたは……まだ何ものでもないかも知れない。でも……なにかを持っている人ではあるかも知れない」

「……えっ」

「………」

「いや。そんな――」

「きっとそう思ったんじゃないかしら、あの社長さん。だから、押野さんの味方を」

「いやあ……」

「それとも、それは私の買いかぶり？」

「――っ。由紀子さん……」

小首をかしげて問いかけられ、渡は返事に窮した。

長いこと、至近距離でじっと見つめあう。

「押野さんが、押野さんらしく」

やがて由紀子が言った。

「押野さんが押野さんらしく、一生懸命に生きようとなさるんなら、私、そばにいて、それを見たい気もします」

「……えっ、ええっ？」

「迷惑ですか」

「そ、そんな。そんなそんな」

渡はブルンブルンと左右に首を振った。

一度は穏やかなものになっていた心臓の鼓動が、ふたたびバクバクと激しいものになる。

「もしかしたら、どこかで気づいていたのかも知れません」

目を細め、記憶をたどる顔つきになって由紀子は言った。

「……えっ」

「押野さんのこと……今にして思えば、ですけど」

「由紀子さん……」

「自分の口で、言ってほしかったんだと思います。嘘なら嘘と。だって、そこからしか、なにも始まりませんから」

「うわあ……」

もう一度、由紀子はいとおしそうに渡を抱きすくめた。信じられない展開に、渡は身も心も、とろけてしまいそうである。

「怒って……ないんですか……俺のこと」

「怒っています」

泣きそうになりながら言うと、由紀子は即座に答えた。

「怒っていますよ。嘘はだめ」

「す、すみま――」

「でもね」

渡の顔を覗きこんで、由紀子は言った。

「私なんかでいいんなら、いちばん近くの観客席にいさせてください」

「由紀子さん……」

「大嘘つきの押野さんが、どこまで私を驚かせるような人になってくださるか、見せてください」

「うっ……」

もうだめだと、渡は慟哭した。

多分今、自分はとてもみっともない泣き顔をさらしてしまっている。恥ずかしかったが、もはや涙をこらえることは不可能だ。

「うえっ、うえっ、由紀子さん……」

「フフッ、はい」

「由紀子さん、由紀子さん」

「はい」

「愛しているって……」

しゃくりあげながら渡は言った。

「愛しているって……えぐっ……言っても、いいんですか」

「私なんかで……いいのなら……」

由紀子は照れくさそうに笑い、秘めやかなささやき声で言った。

「由紀子さん、愛してる」

「あァン……」

こらえがたい感情の荒波が臓腑の奥からせりあがってきた。

この展開を、夢にも思いはしなかった。だが気がつけば、渡は由紀子をカーペットに押したおし、覆いかぶさっていく。

2

「押野さん……」

「愛してる。愛してます、由紀子さん。愛してる」

「まあ……」

仰臥させた由紀子の美貌を、次から次へと渡の涙が雨滴のようにたたいた。由紀子は美貌をほんのりと紅潮させせながら、困ったように渡を見あげ、白魚の指で彼の目の縁の涙をぬぐう。

「泣かないで」

「泣きません、泣きません。由紀子さん、愛しています。んっ……」

「んむぅ……」

……ちゅっちゅ。ちゅぱ、ぢゅ。

泣きませんとは言ったものの、涙はあとからあとからあふれた。

それでも渡は、由紀子の朱唇に口を押しつける。

鼻息が荒くなるのをどうにもできなかった。右へ左へとかぶりを振り、やわらかなくちびるを強く吸う。

「むんう、押野さん……」

「ああ、どうしよう。こんなことしちゃいけませんよね。まだこんなこと、俺、由紀子さんにしていいはず……むんぅ……」

せつない想いに抗しきれず、つい衝動的にくちびるを奪った。だが同時に、いくらなんでも性急すぎるだろうという後悔もかなり。

しかし由紀子は、そんな渡への答えのように、両手を回してギュッと彼を抱きすくめる。自らも左右に顔を振り、積極的にくちびるを押しつけ、セクシーなうめき声を漏らす。

「んむぅ、んっんっ……押野さん、いいんです……いいんです……んっんっ……」

「おおお、由紀子さん、舌いいですか……ねえ、舌……」

「こ、こう？　むああ……」

「おおお……」

……ピチャピチャ、れぢゅれぢゅ、れぢゅ。

ふたりの接吻は、ごく自然にベロチューへとエスカレートした。互いに舌を突きだして、相手の舌に擦りつける。

（たまらない）

夢のようだと、渡は感激した。

この別荘を出たら、もう二度と会うことなどかなわない、別世界の住人だと思っていた。

それなのに、気がつけば渡は、愛(いと)しの未亡人とキスどころか、ベロチューまでしている。

――きみは、まだあの人のこと、なにも分かっていないと思うわよ。

(真帆さん)

自信たっぷりに断言した真帆のことを思いだした。つまりあの人はあの時点で、この展開をしっかりと予想できていたことになる。

(ありがとう、真帆さん)

感謝の気持ちしか、真帆にはなかった。

それもこれも、あの昼下がり。

熟女のセックスを出歯亀したことが発端だったと思いだすと、なんとも気恥ずかしい気持ちもする。

「ああ、由紀子さん、夢みたいだ……俺、由紀子さんとこんなエッチなことしてる」

「むうう、押野さん……わ、渡……渡さん……」

「――っ。由紀子さん……」

ついに由紀子は、渡を「押野さん」ではなく「渡さん」と呼んだ。自分からもう一歩、こちらに近づいてきてくれたことを感じ、渡は胸を締めつけられるほどの多幸感を覚える。

「はぁはぁ……ああ、ベロチュー、気持ちいいです……幸せだ……んっ……」

……ぴちゃ、ちゅぱ。ねろん、ねろねろ。

「んっああ……渡さん……渡さん……んっんっ……」

「も、もうだめだ……いいんですよね、由紀子さん。いいんですよね」

「あっ……」

渡は未亡人の着ているものを脱がせようとした。

すると由紀子は、恥ずかしそうにそんな渡の手首をつかむ。

「――っ。由紀子さん……」

「く、暗くして……」

「……えっ」

「明るくて、恥ずかしいです。お願い、せめて、暗くして……」

秘めやかな声でささやくと、由紀子の美貌はますます色っぽく紅潮した。

「はい！　でも……暗いところがいいなら……」

渡は勇気を出して未亡人に言った。

「寝室は……だめですか」

「……えっ！」

「寝室……寝室の、ベッドはいけませんか」

「うう……」

案の定、由紀子はとまどったように長いまつげを伏せ、肉厚の朱唇を嚙みしめた。

やはりちょっと調子に乗りすぎたかと、渡は後悔する。

ところが——。

「分かりました」

恥ずかしそうな小声で、由紀子は言った。

「い、いいんですか」

自分で求めておきながら、つい渡は聞いてしまう。

「いけない女、ですよね、私って……」

すると由紀子は困ったように笑み、なにかに思いを馳せる顔つきになる。もしかしたら、亡き夫を思っているのかも知れないと渡は思った。

「由紀子さん……」

「連れていってください」

由紀子は覚悟を決めたような顔つきになって、渡に言う。そのあまりの色っぽさに、渡はついゾクッと鳥肌が立った。

由紀子はもう一度、渡に言う。

「私を寝室に……寝室に連れていって」

3

「おお、由紀子さん……」

「は、恥ずかしい……あまり、見ないで……」

窓には厚手のカーテンがかけられ、寝室は暗くなっていた。

しかし、身体から着ているものを脱がしてみれば、未亡人の美肌は艶めかしい白さを惜しげもなく見せつける。

闇の暗さと重さを押しかえすような光沢を放っていた。暗闇の中にぼうっと白く、官能的な半裸を浮かびあがらせる。

「由紀子さん、ほんとに俺、夢みたいで……」

渡はうわずり気味の声で言った。

闇に支配された寝室。クイーンサイズのベッドの上で、うっとりと由紀子を見おろしている。

寝室もまた、かなり広々としていた。十二畳ほどはあるように思える寝室の中央に、大きなベッドが置かれている。

今渡は、半裸の由紀子とベッドにいた。

言うまでもなく、高名な画家の夫がいたころは、由紀子が彼とまぐわった夫婦のベッドである。

「渡さん……」

下着姿に剝かれた未亡人は、ベッドに仰向けになったまま渡を見た。

きめ細やかな美肌に吸いつくように貼りついて、局部をガードしているのは純白のブラジャーとパンティだ。

断言してもいい。

これほどまでに白い下着の似合う未亡人を、渡は他に知らない。

そんなことにまで感激しながら、渡は言った。

「この世で一番愛しい人に……俺ってば……ほんとにこんなこと、させてもらえてる……」

「好きにしてください、渡さん」

渡の想いに応えようとするかのように、恥ずかしそうに声をふるわせて由紀子は言った。

「由紀子さん……」

またもグッとくるものを覚え、泣いてしまいそうになりながら渡は由紀子を見た。

「好きにして。私、もしかしたらがっかりさせてしまうかも知れません。でも……ありのままの私を、私も見せます。だから――」

「ああ、由紀子さん」

「んあああ」

なんてかわいいことを言うのだろうと、渡は天にも昇る気持ちになった。

下着姿にさせた未亡人に、荒々しくむしゃぶりついていく。完熟の未亡人の身体は、すでに発熱でもしたかのような淫靡な熱を持っている。

「み、見せてください、本当の由紀子さん」

「渡さん……」

「おかしくなりそうです。俺、ほんとに……ねえ、舐めていいですか、由紀子さんの身体……」

「渡さん、恥ずかしい……」

「舐めたいです。いっぱいいっぱい舐めさせてください。んっ……」

「ハアァン……」

衝きあげられるような激情にさいなまれながら、いよいよ渡は淫らな行為を本格化させた。

愛しい熟女を抱きしめたまま舌を突きだし、白いうなじをれろれろと心のおもむくままに舐め始める。

「ああン、渡さん……」

「舐めてしまう。どうしていいか分からなくて、舐めたくて舐めたくて……お願い、変態とか、思わないで……愛してるんです、愛してる。んっ……」

……ピチャピチャ、れろん、ピチャピチャ。

「うあああ。い、いやだ、私ったら……変な声……」

首すじから耳もとへと舌の刷毛(はけ)をねっとりと擦りつければ、由紀子の喉からは、早くもいささかとり乱し気味の声があがった。

由紀子にとっても、そんな自分は意外だったよう。恥ずかしそうに両手を口に当て、いやいやと色っぽくかぶりを振る。

「か、かわいい。由紀子さん、俺はもう、あなたがかわいくて、かわいくて。んっんつんっ……」

……ピチャピチャ、れろれろ、ネロネロ、ピチャピチャ。

「ああン。いや、いやン。だめです、そんなに舐めたら……」

「舐めさせて。どうしていいか分からない。愛してる。愛してる」

「あああ。ああああああ」

いやがって首をすくめられれば、よけい淫らな痴情が増した。この人をかわいいと思う気持ちに、もはやブレーキはかけられない。

とろけるような思いに身を焦がした。左右の首すじを執拗に舐め、首から胸へと舌を下降させていく。

「はうう、渡さん……」

「いいですか、ブラジャー……」

「き、聞かなくていいです」

「由紀子さん……」

ブラジャーを脱がそうと許しをこうと、闇の中で身もだえ、両目を潤ませたまま美熟女は言った。

「言ったはずです。好きにしていいって。好きにしてほしいんです、あなたの好きなように……」

「おお、由紀子さん！」

「あああああ」

由紀子の言葉は、さらなるガソリンのようだった。

渡はさらに燃えあがり、ブラカップの縁に指をかける。そのまま一息に白いブラジャーを鎖骨(さこつ)の上までずるっとあげる。

——ブルルルンッ！

「いやあ……」

「ああ、おっぱい……由紀子さんのおっぱい！」

闇の中でも、もはや完全に目が慣れてきていた。

ブラジャーの中からダイナミックにはずみながら、小玉スイカ顔負けの巨乳がふたつ仲よく飛びだしてくる。

色白の巨乳は息づまるほどのボリュームに富んでいた。

たっぷたっぷと誘うように揺れ踊り、いただきのデカ乳輪をおもしろいほどあちこちに移動させる。

直径四センチはあるはずのデカ乳輪は、淡い桜色のはずだった。だが闇の中で見るせいだろうか、今日はいくぶんピンクが濃いように思える。

透きとおるような色白の乳肌とのコントラストが鮮烈だ。今日もまたこんもりと、鏡餅を思わせる形状で乳肌から一段盛りあがっている。

「由紀子さん。もう乳首、こんなに勃起して」

乳輪の中央からビビンとしこり勃つ乳首に、ますます興奮が増した。闇の中でも由紀子の乳首は、痛いのではないかと思うほど硬く締まっている。

「ぼ、勃起なんて言わないで。そんなことを言われたら私ああああ」

「はぁはぁ……由紀子さん、興奮します。んっんっ……」

「ああ、いやン。イヤン、だめぇ。ああああ」

……ピチャピチャ、れろれろれろ。

渡はいきなり、片房の乳芽を思いきり舐め始めた。

指で鷲づかみにするより先に乳首を舐め、つづいて両手でたわわな乳房をもにゅもにゅとまさぐりだす。

「やわらかい……はぁはぁ。由紀子さん、やわらかいです、たまらない。んっんっ」

「あっあっ。あっあっあっ。いやあ、渡さん。恥ずかしい、恥ずかしい。うあああ」

とろけるような感触のおっぱいを心のおもむくまま揉みしだきつつ、ふたつの乳首をしつこいほど交互にしゃぶり倒した。

「ああ。あああ」

どちらかの乳房に吸いつくたび、由紀子はビクンとその身をふるわせる。舌を踊らせ、コロコロと乳芽を転がせば、耐えかねたように身をよじり、何度も艶やかなあえぎ声をこぼす。

(たまらない。たまらない)

渡の心臓はドキドキと弾みっぱなしであった。

セックスと興奮は、いつだってふたつでひとつだが、これほど激しく昂ぶることも珍しい。

息苦しさが増し、つい「はぁはぁ」と渡は荒い息をはく。

「おお、由紀子さん」

「きゃあああ」

ふたつの乳をどちらもドロドロと、なまぐさい唾液でぬめり光らせた。まだまだしゃぶり足りない気はしたが、まだほかにも舐めたい場所はいっぱいある。

渡は由紀子のふいをついた。

突然ふたつの手首をつかむや、万歳の格好を強制する。

腋窩をどちらも露わにさせた。

淫靡なくぼみの片方に、かぶりつくように顔を押しつけ、音を立てて匂いを嗅ぐ。

「ああ、由紀子さん……デオドラント剤の匂いがします……」

……スンスン。スンスンスン。

「いやあ。匂いなんて嗅がないでください。渡さん、恥ずかしいです。恥ずかしい。いやいやいやいやあ」

「由紀子さんが恥ずかしがるようなこと、したいんです。だって好きだから……男ってばかですよね。でも、由紀子さんが好きすぎて、こんなばかみたいなことをしてしまう。んっんっ……ああ、いい匂い……」

……スンスンスン。スンスンスン。

「だめえ、嗅がないで。そんなに音を立てて嗅がなきゃあああああ」

「はぁはぁ……興奮する。興奮する。むはぁ……」

……ピチャピチャ、れろん、ねろねろ。

由紀子は激しく暴れ、彼女とも思えぬ力で渡に抗おうとした。そんな風にいやがられ、抵抗されるとよけいに燃える。男に生まれた喜びを、叫び出したいほどに感じてしまう。

「はぁはぁ。はぁはぁはぁ。んっんっ」

「ああ。あっあっあっ」

渡は舐めた。

未亡人の脇の下を。

デオドラント剤のアロマが香る腋窩は、きれいに脇毛が処理されている。

だがそれでも、舌先にはブツブツと、脇毛の先のようにも感じられるザラザラした感触がした。

「おお、脇毛の感じが……はぁはぁ……由紀子さんの脇毛……由紀子さんの脇毛」

「いやあ。そんなこと言わないで……渡さん、恥ずかしいです……私、今朝、シャワーを浴びただけで……」

「だからいいんです。そら、こっちも」

「うあああああ」

片側の腋窩を、唾液の水だまりができるぐらいねっとり、たっぷりと舐めた渡は、すかさずもう片方の脇の下も同じように責め立てる。

由紀子はビクビクと感電でもしたかのように半裸の身体を痙攣させ、渡の舐め責めに苦悶して、文字どおり七転八倒する。

「あっあっ。いやあ。あっあっあっ。恥ずかしい……汗かいています……帰ってきてから洗ってないんです……あっあっあっあっ……」

「だからいいんです。だからいいんです。ああ、由紀子さん、たまりません。俺、ほんとにおかしくなりそうです」

「きゃあああ」

獰猛な野生の力が、ますます全身にみなぎった。過敏に反応してくれる未亡人のよがりっぷりにも、ますます淫靡な興が乗る。

左右の腋の下を乳房につづいてドロドロにぬめらせると、すばやく未亡人の身体を下降した。

股の間に陣どると、閉じようとした由紀子の両脚を力任せにすくい上げる。

いやがる抵抗など何のその。ついにはガバッとガニ股に開かせ、いやらしいM字開脚を強要する。

「ああ、いや。渡さん、放して……」

「放しません。ああ、由紀子さん、ここ、こんなにこんもりしてる」

(ああ、いやらしい)

ふためと見られぬ下品なポーズは、由紀子のキャラクターとは相容れず、ギャップが激しかった。

だが、そこがいい。絶対にこんなポーズになるはずがない女性がなるからこそ、お宝ものの記憶になる。

むちむちした両脚が身も蓋もないガニ股になり、ふくらはぎの筋肉が生々しく存在を主張する。

このすべすべしてたっぷりと豊かな太腿のボリュームはどうだ。

「由紀子さん」

「アァン……」

渡はたまらず白い内ももに顔を押しつけ、スリスリと頬ずりすらしてしまう。

「太腿。はぁはぁ。由紀子さんの太腿。太腿」

「あっあっ。いやあ、そんな……どうして太腿なんて……んあ、んああっ……」

「はぁはぁはぁ」

見れば、大股開きになった由紀子の股間は、パンティの布を道連れにしてこんもりと盛りあがっていた。渡はワレメにあたりをつけ、クリ豆があると思える箇所をいきなり舌で舐めあげる。

……れろん。

「きゃあああ」

(大当たりだ)

どうやら見事に、卑猥な突起を舌でとらえられたらしい。

渡が舌でひと舐めすると、由紀子はそれまで以上に派手な声をあげ、背すじをU字にしならせて淫らな官能に狂喜する。

「ここですね。ああ、ここですね。んっんっ……」

……ピチャピチャ、れろん。

(舌にクリ豆の勃起が当たる)

「ああ、そんな。そんなそんな。うあああああ」

暴れる両脚を、内腿に指を食いこませて封じ、怒濤の勢いで下着越しに淫核を責め立てた。

舐め音もあらわにクリトリスを責めれば、由紀子はしとやかな熟女にも似合わないとり乱した声をあげる。

さかんに身体をくねらせては、天に向かって細いあごを突きあげる。

「ああ、いやあ、だめ。どうしよう。困るわ、困る。うああ。うあああああ」

「はぁはぁ。由紀子さん、いやらしい。由紀子さん。由紀子さん」

「うああ。うあああああ」

純白のパンティ越しにねろねろと、渡はクリ豆とワレメをさかんに舐め立てた。

由紀子はもう狂乱状態だ。

ベッドのスプリングをきしませて、拘束された身体を上へ下へと跳ね踊らせては、はしたない歓喜にむせび泣く。

……ブヂュ。ブヂュブヂュ。

「おお、由紀子さん。感じてくれてるんですね。オマ×コからいやらしい汁が……あぁ、こんなにパンティを濡らして。ほら、ほら」

ついに由紀子の媚肉は、はしたなく決壊した。耳に心地いい音を立て、愛欲の粘液を漏出する。

「いや。いやああ」

「おおお……」

……ブヂュヂュ。ブヂュブヂュ。

あふれだした愛液はパンティを内側から濡らした。

高級そうな、白い生地の向こうにべったりと、貝肉さながらの陰唇の眺めが透けて見える。

パンティ越しとはいえ、いよいよ眼前に全貌を現しはじめた、由紀子のもっとも恥ずかしい部分。

それに息苦しさを増しながら、渡はさらに舌を踊らせ、牝芽を舐めあげては鼻の頭まで使ってそれを擦りあげる。

「うああ。うああ。うあああああ」

……ブチュ。ブチュブチュ。ブチュチュ。

「ああ、すごい。お漏らしでもしているみたいですよ、由紀子さん。パンティがこんなにぐっしょりと……はぁはぁ……オマ×コです。ああ、オマ×コ。由紀子さんのオマ×コ。ほらほら、ほら」

「あああ。そんな。なぞらないでください。あああ。あああああ」

生々しい姿を透かせはじめた淫肉に激しく昂ぶりながら、指で渡は、淫らな恥溝をスリスリとなぞった。

あふれだす愛蜜の量は、もはや尋常ではなくなっている。

大げさではなく、まるで失禁でもしてしまったのではないかとみまがうばかりの激しさ。お漏らしした愛蜜がパンティを内側からこんもりと盛りあげ、パンティの縁からじゅわじゅわと泡立ちながらあふれだしてくる。

「くうぅ、由紀子さん。ああ、由紀子さん」

……スリスリ。スリスリ、スリッ。

「うああ。うあああああ。ああ、だめです、だめえ。そんなにしたら私……私……うああ。うああああ」

「あっ……」

……ビクン、ビクン。

（イッた……）

ついに由紀子は、オルガスムスの頂点に突きぬけた。ガニ股にさせていた熟女の美脚を、渡はようやく解放する。

「あう。あう。あう。アン、いやン、あああ……」

「おお、由紀子さん。エロい……」

ガニ股拘束からようやく逃れた由紀子は右へ左へと身をよじり、荒れくるうアクメの電撃に恍惚とした。

見るがいい、清楚な未亡人のこの顔を。

覚える官能の激甚さを物語るかのように、朱唇がだらしなく開かれ、あうあうと小刻みにふるえている。細められた双眸の艶めかしさは、闇の中だというのに、鳥肌立つほど鮮烈だ。

エロチックな潤みをたたえたままユラユラと揺らめく。アクメのせいで茫然自失となった感じで、すでに目の焦点も定かではない。

「由紀子さん、最高です。感激だ……」

「み、見ないで、ください……こんな、私……いやだ、私……こんな女では……あう、はあぁ……」

どうやらこの状況は、由紀子にもいささか意外なよう。

はしたなく感じてしまう自分を恥じらうようにかぶりをふりつつ、浅ましい痙攣をおさえられない。

「由紀子さん……」

渡は幸せだった。

さあ、いよいよ最後の一枚だと万感の思いを覚える。

まだなお由紀子の痙攣はつづいていた。しかし渡は未亡人に手を伸ばすとパンティの縁に指をかけ、そのままズルズルと、ぐしょ濡れの下着をずり下ろした。

「あアン、いやあ……」

「うおお、由紀子さん……うおおおおっ！」

中から現れた眼福ものの絶景に、渡は心からの嘆声を上げた。

デカ乳輪も意外だったが、由紀子のヴィーナスの丘にもまた、意外な光景が内緒で隠されていた。

これはまた、なんと豪快な陰毛の園。

白い秘丘にびっしりと、黒い縮れ毛が密生している。

剛毛。

まさかこんな楚々とした美女が、デカ乳輪だけではなく、いやらしい剛毛までをも隠し持っていただなんて。

4

「くうぅ、由紀子さん。だめだ、もう俺、限界です……」

渡は訴えるように言うと、着ているものを自分の身体から脱ぎすてた。

最後にボクサーパンツを脱ごうとする。勃起した男根が下着に引っかかり、いったん下へと角度を変えた。

──ブルルルルンッ！

そしてパンツから解放されるなり、肉棒はようやく楽になったとばかりに、雄々しくしなりながらふたたび天へと亀頭を向けた。

「アァン、渡さん……」

渡は甘えるように、愛しい美熟女に覆いかぶさっていく。

前戯だけで達した未亡人は恥ずかしそうにしながらも、そんな渡を両手を広げて迎え入れる。

「挿れたいです」

はしたない思いを言葉にすると、由紀子はそれへの返事のように、白い腕でギュッと渡を抱きすくめる。

（あああ……）

渡は感無量であった。

うっとりと目を閉じ、もう死んでもいいとすら思う。

由紀子はむちむちした裸身に、汗の微粒をにじませていた。美肌の湿りと得も言われぬぬくみ、胸板に食いこむ乳首の硬さに渡は恍惚となる。

「挿れてください、渡さん」

至福の瞬間を味わおうと目を閉じる渡に、色っぽいささやき声で由紀子は言った。

「由紀子さん」

「ひとつに……ひとつになりたい、私も」

「ああ、由紀子さん！」

由紀子の言葉に発憤した。目を見ひらき、股間の一物を手に取るや、ぬめるワレメに亀頭を押しつける。

……ニチャ。

「きゃん」

「うおおおおっ！」

——ヌプヌプッ！

「うあああああ。ハアァン、渡さん……」

「くうぅ、由紀子さん。すごいヌルヌル……」

——ヌプヌプッ！　ヌプヌプヌプッ！

「ああああああ」

「おおお……」

ついに渡は、猛る極太を根もとまで由紀子の中に埋没させた。

(まずい)

あまりに幸せな展開に、気を抜けばすぐにも暴発してしまいそう。あわてて肛門をすぼめ、吐精の誘惑にあらがった。

それほどまでに、由紀子の膣路はめくるめく快美感をペニスに与える。

未亡人の膣は、奥の奥までとろとろに潤みきっていた。

その上ザラザラした胎肉はかなりの狭隘さ。別の穴に挿入してしまったのではないかと心配になるほど窮屈である。

「うわっ、うわあ……」

しかも膣は、まるでそれ自体でひとつの命を持つ生物のよう。艶めかしく蠕動し、渡の男根を絞りこんでくる。

「うわっ、そんなにしたら出ちゃう。由紀子さん、出ちゃう」

「ハアン、ごめんなさい。私、なにもしていないんです。ただ、うれしくて……渡さんが来てくれたと思ったら幸せで」

「おお、由紀子さん。由紀子さん」

「うあああ」

……ぐぢゅる。ぐぢゅる、ぐちゃ。

(ああ、気持ちいい)

このまま尻をすぼめていても、長くは持ちそうにないと思った。

反転攻勢に打ってでる。

もっちり女体をかき抱くや、怒濤の勢いで腰を振る。

「うああ。ハアァン、渡さん。渡さん。あっあっ。あああああ」

「はぁはぁ。はぁはぁはぁ」

渡は夢中になって、未亡人の膣ヒダにカリ首をこすりつけた。

性器同士が窮屈に擦れるたび、火花の噴くような電撃が股間から脳天にくり返し突きぬける。

甘酸っぱさいっぱいの快美感は、これまで経験したどんな膣より強烈だ。それがこの人への想いのなせるわざなのか、それとも由紀子の持ちものがとてつもない名器だからなのか、渡にはよく分からない。

だが、そんなことはどうでもよかった。

愛しいこの人と裸で抱きあい、こんなことができるだけで、自分はこの世で最高に幸せな男である。

初めて出逢った日。

ふわりと舞いあがった麦わら帽子に、悲鳴を上げる由紀子の美貌がよみがえった。

すてきだった。

この世にこんな美しい人がいるのかと思った。

今渡は、その人の性器に勃起した男根を突っこんで、心のおもむくまま抜いたり突きさしたりをくり返している。

そして、この人は本気で、そんな渡に感じてくれている。

これ以上、なにを望めばよいというのか。

「あっあっあっ。いやン、渡さん。どうしよう、私……感じてしまいます。恥ずかしい。感じてしまう。うあああぁ」

「はぁはぁ……感じて。いっぱい感じて。由紀子さん、俺も気持ちいい。も、もう出ちゃいそうです」

「渡さん」

渡が限界を訴えると、由紀子はそれまで以上にしっかと彼にしがみついた。

「出してください。気持ちよくなってくれていますか」

「――っ。由紀子さん」

「私、渡さんを気持ちよくさせられていますか。私は気持ちいいです。主人に申し訳ないです。でも気持ちいいです。渡さん、私、気持ちいい」

「おお、由紀子さん。由紀子さん！」

――パンパンパン！　パンパンパンパン！

「うああ。うあああぁ」

かわいいことを言ってくれる由紀子に、もはや完全に限界だった。

上体を起こし、清楚な美女をまたしてもＭ字開脚姿にさせると、最後の瞬間に向け、狂ったように腰を振る。

たっぷりと脂の乗った太腿に指を食いこませれば、どこまでも指が沈んでしまいそうである。

「あああ。気持ちいい。いやン、とろけちゃう。渡さん。渡さん。渡さあん」

「ああ、チ×ポが……俺のチ×ポが由紀子さんのマ×コを出たり入ったりしてる。この剛毛、たまりません！」

「いやあああ」

猛る怒張を膣奥深くまでえぐりこんではすばやく抜きつつ、由紀子の陰毛に指を突っこんだ。

肉スリコギで膣肉をかき回しながら、生え茂る縮れ毛をシャンプーでもするかのようにめったやたらに攪拌する。

「恥ずかしい。そんなことしないで、渡さん。あっあっ。恥ずかしい。でも、でも。うあああぁ」

「おお、由紀子さん……」

「感じちゃう。感じちゃいます。渡さん、どうしよう。気持ちいいです。こんなの初めてです。あああ。ああああああ」

「おおお……」

由紀子の秘丘に、見る見るこんもりと陰毛の森が盛りあがった。

縮れた黒い毛が好き勝手な方向に毛先を飛びださせ、まるでアフロヘアのようにも見える。

そんな剛毛のすぐ下部で、ぬめぬめと艶光りする極太が、小さな肉穴を出たり入ったりする。

未亡人の女陰はねっとりと潤みきるばかりか、白い液体さえ分泌し始めていた。

その白い汁が男根に付着し、粘つく糸がピストンにあわせて伸びたり縮んだりをくり返す。

嗅ぐだけで不思議に痴情をあおられる、ヨーグルトのような匂いが濃くなった。甘酸っぱさいっぱいのその香りは、生温かな大気となって渡の顔面を撫でさえする。

「くうぅ、もうだめだ。出ます、由紀子さん。射精しちゃう」

ひと抜きごと、ひと挿しごとに爆発衝動が高まった。由紀子の両脚をすくい上げ、むちむちした裸身をふたつ折りにする。

「ヒイィン、渡さん。渡さん。あっああああっ」

――バツン、バツン！　パンパンパンパンパンパン！

「うああ。うあああああ」

窮屈きわまりない体勢で、由紀子は獣のような声をあげた。渡の激しい抜き差しのせいで、ふたりしてベッドの上で上へ下へと激しくはずむ。未亡人の美貌は、いつもとは別人のようにゆがみ、淫らな快楽におぼれきっている。

ベッドのスプリングがギシギシときしんだ。

「あああ。気持ちいい。渡さん、気持ちいい。私もイッちゃう。イッちゃいます。ねえ、イッてもいいですか。イッてもいいですか。ああ、気持ちいい！」

「おお、由紀子さん。俺ももうだめです。おおお……」

挿れても出しても、腰の抜けそうな電撃がくり返しまたたいた。渡は奥歯を嚙みしめて、最後の瞬間を少しでも先送りしようとする。

肉傘とヒダヒダが擦れあうたび、甘酸っぱい快感がはじけ、口の中いっぱいに唾液が湧いた。

膣奥深くに亀頭を埋めれば、子宮がキュッと鈴口を包み、おもねるように、からかうように、無数の舌でカリ首を舐めるような刺激を注ぎこんでくる。

（もうだめだああ！）

渡は歯を食いしばり、怒濤の連打を膣奥深くまで送りこんだ。

――グヂュグヂュグヂュ！　グチョグチョグチョ！

「あああ、イッちゃう。渡さん、私イッちゃいます。イクッ、イクッ。イグイグイグイグッ。うっあああああっ」

「おお、出る……」

「うおおおおっ！　おっおおおおおおおおっ!!」

――どぴゅどぴゅどぴゅ！　びゅるる！　どぴぴぴぴっ！

（ああ……）

ついに渡は、煮こみに煮こんだ生殖のエキスを爆発させた。

極限まで高まっていた欲望が大音量を立てて粉砕し、風圧にあおられるかのように、天空高く回転しながら舞いあがる。

（気持ちいい……）

木の葉のように吹き飛ばされながら、渡はこれまで感じたこともなかったようなエクスタシーに打ちふるえた。

ドクン、ドクンと陰茎が脈動するたび、魂までもがいっしょに揮発するような、得も言われぬ感覚に陶然となる。

二回、三回、四回……臨界点を超えた肉棒は雄々しい脈動をくり返し、そのたび大量のザーメンを未亡人の膣奥深くにどろどろと粘りつかせる。

「はう……あっ、ああ……渡……さん……」

「……由紀子さん」

気づけばいつしか、渡は由紀子の両脚を解放していた。ぐったりとなった由紀子は両脚をベッドに投げだしたまま、渡の精液を被弾する。

ふたりの身体は、密着したままだった。性器もまた、なおも深々とひとつになったまま。

由紀子は両手で、なおも渡を抱きしめながら、この世の天国を謳歌する。

「入って……きます……温かい……渡さんの……精液……」

やがて、アクメの白濁感が一段落すると、うっとりととろけきった声で由紀子は言った。

「由紀子さん……」

「恥ずかしかった……私ったら、とり乱してしまって……驚いたでしょ、いやらしい女で……」

「そんな。俺、メチャメチャうれしかったです」

「あぁン……渡さん……？」

ようやく射精が終わると、渡はちゅぽんと音を立て、未亡人の淫肉から男根を抜いた。

由紀子から身体を離すと、ぐったりとする熟女を四つん這いの格好にさせる。

「ああ、いやあ……」

「見せてください、お願いです。由紀子さんのオマ×コに、俺、ほんとに射精できたんだって……」

「渡さん……」

「世界一好きな女の人のオマ×コに、今、本当に、俺の精液がたんまりと注ぎこまれているんだって……」

「あぁン……」

渡はやさしくエスコートし、由紀子に高々と尻だけを突きあげさせた。

上品な熟女は闇の中で、移動途中の尺取り虫のような格好になる。

渡は場所を変え、そんな由紀子のまうしろへと移動した。

目の前に、巨大な水蜜桃を彷彿とさせるエロチックな巨尻がアップで迫る。

「おおお、エロい……」

渡は歓喜に目を見張った。

あの日、湖畔の森で見た淫靡な尻渓谷の底を、今ふたたび渡は目にする。

淡い桜を思わせる肛門がヒクヒクとうごめいた。

蟻の門渡り越しに、さらに下方へと視線を転じる。

つい先ほどまで陰茎が埋まっていたワレメが、これまたアヌスと同じように開口と収縮をくり返した。

しかもこちらの肉門からは、ブヂュリ、ブヂュブヂュと濃厚なザーメンが泡立ちながら逆流をしている。

「いやらしい……ありがとうございます、由紀子さん。俺、夢みたいです」

「ひはっ」

天にも昇る多幸感にふるえながら、渡はつい指を伸ばし、由紀子の恥溝をヌチャヌチャとあやした。

行為こそ終わりはしたものの、まだ過敏なままのよう。

局所をいじくられた由紀子は艶めかしい声をあげ、困ったように、もだえるように、プリプリと大きな尻を振った。

「あぁン、渡さんのいじわる……あっあっ、だめぇ……」

「由紀子さん。あっ……」

——ブプッ！　プシュッ！

強い力で息んだらしい。

いきなり淫肉から、愛蜜とともに精液が飛びちった。重たげな塊になったザーメンが、愛液といっしょにバラバラと白いシーツに落下する。

「由紀子さん、ありがとう」

渡は由紀子に覆いかぶさり、心からの思いを言葉にした。

「はうう……渡さん……」

由紀子はうつぶせにつぶれ、うっとりと目を閉じて幸せそうな顔になる。

熟女は背中にも汗をかいていた。ヌルヌルと肌がすべった。

しかし渡は由紀子に抱きつき、いつまでも、いつまでも、その髪にスリスリと、おのが頬を擦りつけた。

終章

「見て、渡さん、相変わらずきれい」

「ほんとだ。すごいね」

目の前に広がるこの世の天国のような光景に、ふたりして歓声を上げた。

いつ来ても、そして、何度見ても、この景色はまったく色あせず、変わらない眺めを渡と由紀子に見せてくれる。

「ンフフ」

「あっ……」

由紀子は自分から、渡と手をつないできた。

渡は緊張する。

だが、いつもと同じたおやかな笑顔で見あげられ、照れくささを覚えながらも、とろけるような気持ちになる。

ゆっくりとした足取りで、湖畔端を散策した。澄んだ青空を映す湖面には、吹く風と戯れるかのように、ときどきさざ波が立っている。

湖のほとりをいろどる木々は、錦秋の風情を見せつけた。燃えるように赤く染まった紅葉が揺らめきながら、渡と由紀子を歓迎している。

（あれから、もう三年か）

由紀子とふたり、たあいもない雑談をしながら、渡はしみじみと思いだしていた。

今自分がこうしてあるのも、すべては由紀子のおかげ。そして、すべてはこの別荘地から始まったのであった。

渡は紅葉を見あげ、感無量の思いで目を閉じた。

渡と由紀子は東京で暮らしていた。

仕事が軌道に乗りはじめたため、思いきって湾岸沿いのタワーマンションに引っ越しをしたところであった。

すでにふたりは籍を入れ、由紀子は「押野由紀子」になっていた。

渡がアントレプレナーとして現在の地位を築けたのも、由紀子が夫に資金面で援助をしつづけてくれたからだ。

三年前。

渡は一念発起をし、本来の専門であるAIの世界で一旗揚げようと挑戦を始めた。主力商品にしようと考えたのは、AIロボット。

自らのアイデアで、会社員時代に開発しかけていたが、いろいろなしがらみで頓挫していたものである。

渡はその企画をふたたび形にしようと、文字どおりゼロから設計をし直した。

自ら会社を創業し、販売を開始した。

AIを受け入れる土壌は、それまでに比べたら飛躍的に醸成されていた。つまり、時代も渡に味方をした。

渡が開発したロボットは愛くるしい猫型デザインで商品化され、そのコミュニケーション能力の高さと愛くるしさ、さまざまなことに的確に対応してくれる利便性で、たちまちブレイクした。

あれよあれよという間に、渡は時の人になった。信じられないほどの金が、転がりこんできた。

短期間の間に渡は、自らの住む世界を変えた。

だがそれもこれも、物心両面に渡って支えてくれた由紀子の内助の功のおかげ。しかも由紀子は今に至るまで、そんな自分の手柄を一度として誇ることなく、あのころとなにひとつ変わらない母性とやさしさで、渡を包みこんでくれている。

(ありがとう、由紀子……)

「渡さん、今夜、なににする?」

渡の話に色っぽく笑い、由紀子は話題を変えて聞いた。

「今夜? 由紀子は?」

「私? うーん、渡さんの食べたいものならなんでも」

「いや、それは無理だと思うよ」

由紀子の言葉に、渡は意味深に微笑んで言った。

「えっ、どうして」

「だって」

歩を止めて、渡は由紀子を見る。

「俺……由紀子が食べたい」

「なっ――」

由紀子は驚き、目を見ひらいた。

色白な美貌が、見る見る真っ赤に紅潮する。同じように真っ赤な紅葉たちが、笑うように、頭上でざわざわと風に揺れた。

「な、なにを言っているの」

「食べたい。て言うか、ごめん、夜まで待てなくなっちゃった」

手は握ったままだった。渡は駄々っ子さながらに身体を揺さぶり、求める目つきで由紀子を見る。

「えー」

「懐かしいね。覚えてる？」

顔を真っ赤にしてしどろもどろになる由紀子に、背後の森を見て渡は言った。

「わ、渡さんのばか」

覚えているに決まっているという顔つきになって、由紀子は渡をなじる。

「ここでしたいって言ったら、怒る？」

「えっ」

「エッチがしたい。ごほうびがほしい。ここのところ、俺、がんばったよね」

「うー」

渡は訴えるように、由紀子に言った。

たしかに休暇におとずれるまで、渡は八面六臂のフル回転だった。今回はその骨休めにということで、忙しい中時間を作り、夫婦でここまでやってきた。

ずいぶん久しぶりの別荘地である。

「ねえ、ここでしたい」

「渡さんのばか。エッチ」

「おいで」

「知らない。エッチ」

口では渡をなじりながらも、由紀子はいやがらなかった。

渡に手を引かれるがまま、あの日も入った森の奥へと、恥ずかしそうに微笑みながら渡といっしょに入っていく。

ふたりの姿を、森が消した。

しばらくして、艶めかしい女の声が、森の深いところからかすかに聞こえだした。

だがその声を耳にするものは、誰もいない。

無人の湖畔は、この世の天国のような静謐さに包まれたまま、時折吹く風に呼応して、真っ赤な紅葉の葉を揺らした。

（了）

※本作品はフィクションです。作品内に登場する団体、
人物、地域等は実在のものとは関係ありません。

ふしだら別荘地（べつそうち）

〈書き下ろし長編官能小説〉

2023年10月2日　初版第一刷発行

著者……………………………………………… 庵乃音人

ブックデザイン…………………橋元浩明(sowhat.Inc.)

発行人…………………………………………後藤明信

発行所………………………………株式会社竹書房

〒102-0075　東京都千代田区三番町８－１

三番町東急ビル６F

email：info@takeshobo.co.jp

http://www.takeshobo.co.jp

印刷所…………………………… 中央精版印刷株式会社

竹書房ラブロマン文庫　近刊目録

※価格はすべて税込です。

好評既刊

長編官能小説
恥じらい水着カフェ
美野晶　著
夏の売り上げを上げるため水着で接客するサービスを始めたカフェで、バイト青年は美女たちに誘惑される…！
803円

長編官能小説〈新装版〉
再会の美肉
北條拓人　著
記憶喪失の青年は過去の手がかりを求め、かつて肉体関係のあった女たちの媚肉めぐりを…。傑作誘惑ロマン！
803円

長編官能小説
義母と隣り妻とぼくの蜜色の日々
桜井真琴　著
青年は父の再婚相手である義母に想いを寄せるのだが、奔放な隣家の人妻から誘惑されて…⁉　禁断新生活エロス。
803円

長編官能小説
こじらせ美女との淫ら婚活
北條拓人　著
性癖をこじらせた女性が集まるアプリで、出会った美女と甘々プレイに興じる青年…。誘惑ハーレムロマン！
803円